Calle Azul

Jaime Saíz

ACÚ
EDICIONES

Publicado por Eriginal Books LLC
Miami, Florida
www.eriginalbooks.com
www.eriginalbooks.net
Copyright © 2014, Jaime Saíz
Copyright © 2015, Diseño de cubierta: W Diseños
Copyright © 2024, De esta edición, Acú Ediciones
Primera Edición: Octubre 2015
Segunda Edición: agosto 2024
ISBN-13: 978-1-61370-071-6
Primera revisión ortotipografía y estilo: Magdalena Quijano
Segunda revisión: Alain L. de León
Tercera revisión: AI

Dedicatoria

A mi hermano José Arias, Monchy. Esta obra no existiría sin el archivo organizado de su memoria.

A mi amigo Alain, ferviente colaborador, imaginativo y ducho.

A mi pueblo San Gregorio de Mayarí Abajo, porque lo habité alguna vez, hoy me habita.

Indice

El enigma de la calle sin nombre

Aún huele a muerte en aquella calle que no tuvo nombre por tanto tiempo, tan despreciable en longitud y categoría que no valdría la pena describirla en cifras y donde comenzó a ventilarse una historia porfiada con relación a un hombre desaparecido que la volvió interesante, recóndita y confusa. El enigma creció hasta traspasar los límites de la suspicacia y alcanzar proporciones que superaban al horizonte y al tiempo de que disponían sus pocos vecinos. La calle fue abierta en un poblado también pequeño: San Gregorio de Mayarí Abajo. Siendo harto inadecuada su fundación en el antiguo lecho de un río, resultaba dificultoso localizarlo en el mapa.

Que yo fuese un niño para entonces brindó la posibilidad de convertirme en espía de los hechos que voy a narrar. Pude adentrarme en el barrio y en la cotidianidad de sus habitantes, sin que notaran una presencia curioseando, gracias a la simpleza de los tenaces juegos infantiles. De manera que esta historia tiene sentido, certeza y materialidad abrumadora, aunque no pueda confesarles la fuente de tanta generosa información.

Todo comenzó un día cuya fecha exacta nadie recuerda, cuando un joven de unos veinticinco años desapareció. Su nombre, Ciprianolenso, estaba sujeto a discusión y reproches, y tenía dos apellidos sin bastardía notable: Malasangre Pandereta.

En verdad, su desaparición —se esfumó como el humo de un cigarro— dejó a los curiosos vecinos disgustados, a pesar de que no gozaba de sus simpatías. La idea de que hubiese muerto por causa natural y que su hermano mayor lo hubiera ocultado para evitar los gastos de enterramiento o que estuviera escondido por propia voluntad o forzado a permanecer encerrado o, lo peor, que se hubiera cometido un fratricidio, provocó los comentarios más desatinados.

Tales comentarios que distorsionaban la realidad cabriolaron en todas las bocas e hicieron posible que las autoridades locales interrogasen, a petición popular, al ocupante de la fantasmagórica casa durante diez perseverantes años, al hermano de Ciprianolenso, don Rafael Malasangre Pandereta, un cuarentón desentendido con la vecindad, un cartujo enemigo de la luz y de la paciencia ciudadana.

La búsqueda del supuesto desaparecido hermano provocó que revolvieran la casa, que picaran el inmenso patio y que ojos intrusos entraran y pretendieran descubrir rincones y develar costumbres, pero todo resultó en balde.

***

Saborí, el cabo de la Policía Municipal, un fornido mulato y empedernido fumador de tabacos, que no los soltaba ni bajo un torrencial aguacero, vestía el uniforme azul del reglamento cuando quiso reanudar las investigaciones, sobradamente tediosas, de la desaparición de Ciprianolenso. Con la camisa desabotonada y la gorra en la mano, miraba los maíces *sarazos* regados por el piso de la cocina. Ya estaba acostumbrado a toda clase de imagen, rara e inimaginable, incluso, a toparse con brujerías y tener que apartarlas, por supuesto, con la mano izquierda, a sabiendas del mal que le amenazaba, porque era un creyente apegado a las costumbres atávicas, herencia de su santa progenitora. Era la vigésima quinta vez en seis meses que acudía a la casa misteriosa, esquinada a la calle ataviada de azul. Era el ocho de mayo, la víspera del inicio de los carnavales municipales.

—¿A dónde me dijiste que se fue tu hermano con tanta prisa? —preguntó el cabo, rebuscando con la mirada en los maíces mientras escupía en el suelo.

«Jamás, en diez años, te dije adónde.» Quizás el cabo oyó esa respuesta antes, no estaba seguro. Como siempre, quedaron las palabras envueltas en una neblina que trataba de escapar por las rendijas de la madera cuarteada.

—Y ahora, ¿lo sabré?

El viejo fantasma, Rafael Malasangre, residente virtual de la casa misteriosa, hermano del desaparecido Ciprianolenso y amigo durante muchos años del policía interrogador, sin presión en la mano, lograba sostener una mazorca, y en el suelo había una camada de los maíces que desgranó en algún momento perdido en el tiempo. ¿Podía decir alguna cosa? No importaba ya, pues el cabo Saborí no esperaría contestación. En tantos años de preguntas sin respuestas, le daba lo mismo si por primera vez escuchaba una confesión sincera —aunque recóndita— o si, por el contrario, como siempre, durante diez años y tres días, se iba con la certeza de que la casa estaba habitada por dos duendes, uno, corpóreo, y el otro, etéreo. Así que, con la misma parsimoniosa costumbre, que parecía no darle importancia al lenguaje humano, cambió el rumbo de sus interpelaciones inútiles.

—¿De dónde sacarías este maíz? —preguntó con desgana.

«Por vuelta del arroyo Guayabo.» Creyó oír que decía la voz desencajada del duende que habitaba la casa embrujada.

—No hubo cosecha esta primavera —dijo el cabo entre dientes.

«¿No llovió para la Candelaria?» Preguntó el viejo, o el cabo pensó la pregunta, daba lo mismo. Siempre que percibía su voz de duende corpóreo, esta rebotaba en las tablas ampolladas y entraba a sus oídos de forma tangible, traslúcida.

—¿Qué si quiero café? —preguntó el cabo, como respuesta al vacío, sin esperar la invitación. Había hecho la misma pregunta durante diez años y tres días—. No, ya me voy —dijo—. Es suficiente por hoy —y puntualizó—. Nos vemos cualquier día de estos, donde tú sabes.

El cabo Saborí escupió de nuevo sobre los maíces corroídos y dispuso marcharse con la misma rutinaria despedida, durante tantos años, desde que era un policía raso. El viejo no se inmutó. A sus brazos abatidos solo les quedaba el agarre de una mano porfiada, para sostener una mazorca muerta de maíz.

—Conozco el camino —dijo el cabo con desgana, ahogada su voz en saliva espesa y humo de tabaco—. Nos vemos.

De reojo vio, o quizá lo imaginó, ya nada le importaba, cómo el viejo Rafael Malasangre mantenía la cabeza gacha, orándole al espíritu de los maizales. Quizá rumiando una respuesta clara a todas las preguntas que nunca le contestó con firmeza. El cabo, no obstante, pensó que le diría algo nuevo, que confesaría algún pecado capital o argumentaría contra las acusaciones del vecindario. No le quedó claro si había escuchado otra vez su voz de duende, como si hablara a través de una pared carcomida por las palabras.

«Espérate.» Fue la frase póstuma que creyó oír transportándose por el aire confuso, irrespirable.

Pero el cabo de la policía no se detuvo, solo aminoró el paso, porque no era la primera vez que Rafael Malasangre decía lo mismo, en el mismo lugar, junto a la misma silla incolora, en los últimos seis meses. Y, suponiendo que al fin dijera alguna cosa juiciosa o confesara una que otra verdad disimulada, ya para él carecía de interés policial. Excepto por una morbosa curiosidad o por su esencia de gendarme, o por ser su amigo, lo escucharía. Total, para nada le serviría una confesión si ya él había tomado la determinación que cambiaría radicalmente su vida. Pero como la esperanza es lo último que se pierde, aguardó con optimismo, raro en él, una frase que valiera la pena retrasarlo en sus gestiones personales, en aquella tarde soleada.

«Porque cada nueve de mayo caerá la fiesta de San Gregorio», se dijo. «Siempre igual desde los nebulosos días de la fundación».

Con el oído atento, oyó el goteo del grifo sobre la vieja sartén, el revoloteo de cientos de murciélagos en el cielorraso, incluso lo que no deseaba oír, los latidos de su propio corazón angustiado. Salió de la pequeña cocina, envuelta en recuerdos extintos, ilícitos, a paso de funeral. Casi detuvo su andar prudente por el estrecho pasillo con la certeza de escuchar la palabra *pandórica*, aquella que liberaría un montón de frases malas que nunca se dijeron, pero con ellas, conseguirían la esperanza de un amanecer limpio de culpas. Solo un chirrido de murciélago ahogó el de sus pasos. Continuó atravesando el largo comedor en penumbra que estaba separado de la sala por una repisa en arco, repleta de figuras de todo género y tamaños, papeles regados, y de musarañas invasoras. A su espalda oyó un sonido de muerte, como el vaivén de la soga en el patíbulo. Observó minuciosamente cada objeto de la repisa y la pared. Nada había cambiado en tantos meses, el blando retoque del abandono, la podredumbre del olvido. Excepto el crujido del piso de madera justo al pasar por el comedor, todo se mantenía indecentemente fiel al pasado. Fue al escuchar el crujido del piso cuando se detuvo de golpe, dio dos brinquitos amortiguados para asegurarse de cuál tabla cedía quejumbrosa a las 160 libras y ocho onzas de un hombre cincuentón, y sonrió satisfecho por un hallazgo insólito. Dio vueltas, y allí estaba su amigo, culpable de algo a pesar de que nadie abrigaba una certeza para acusarlo, ni las autoridades competentes podían levantar un cargo para juzgarlo. Allí, todo de blanco, con un viso espectral, increíblemente equilibrado sobre sus dos piernas que apenas besaban el suelo, como queriéndole confesar algo inconfesable que, aunque quisiera no lograría sacarlo afuera con voz terrenal, estaba Rafael Malasangre, deshidratada su realidad, vencido por el remordimiento, con una mirada turbia de duende corpóreo.

—Hasta más ver —balbuceó el cabo, apenas imperceptible.

«Adiós». Creyó escuchar a su espalda, y lo imaginó pronunciando la parca despedida sin mover los labios, con los ojos hundidos, ojos culpables y resecos, en la misma postura incómoda, junto a una silla desteñida, que él estaba hastiado de ver durante los últimos seis insoportables meses.

Buscó el maletín de cuero marrón, algo pesado que había dejado sobre un butacón. Al alzarlo traqueteó como si hierros macizos topetaran unos con otros. Atravesó el portal en dos pasos largos, huyendo de la casa embrujada.

De allí a la calle, para enfrentarse a las miradas inquisidoras de vecinos y fisgones, quienes, desacostumbrados desde hacía muchísimo tiempo, no preguntaban nada respecto al caso, solo le miraban y con eso tenían suficiente. Adivinaban que todo continuaba igual: un vecino desaparecido y una casa misteriosa con su dueño esquivo y poco sociable, medio raro según el criterio general, que no se ausentaba de la casa a ninguna diligencia y que desde hacía seis meses con pocos días y sus tantas horas no daba señales de vida. Siempre lo mismo.

La sombra atemperante de miles de papelitos azules colgados de un techo de cordeles, asidos tenazmente a los aleros de las casas a todo lo largo y ancho de la calle sin nombre, junto a las verdes pencas, como manos largas de palmas amputadas y ceñidas a los postes de la luz pública, saludaron al cabo de la policía municipal.

Ciertamente aquella imagen era propicia para el disfrute visual. A cualquier caminante observador, que desfilara por debajo de las banderitas que revoloteaban alegres con la brisa, y los finos dedos de las pencas recostadas a horcones, lo sobrecogería por el espíritu de camaradería, la juntura de manos para la confección de aquel cielo de zafiros en un túnel verdusco que anunciaba la contentura de las fiestas carnavalescas, tan ansiosamente esperadas. El aroma dulzón de la caña de azúcar recién cortada se entremezclaba con el olor a frituras que escapaba de las casas, creando una sinfonía olfativa que despertaba los sentidos. Los niños correteaban de un lado a otro, sus risas cristalinas resonando en el aire cargado de expectación, mientras los mayores charlaban animadamente en los portales, compartiendo chismes y planes para los días venideros. De vez en cuando, el sonido lejano de un tambor o una trompeta rompía la quietud, como un heraldo anunciando la inminente explosión de música y color. Sin embargo, en medio de toda esta alegría, la casa del misterioso Rafael Malasangre se alzaba como una isla sombría en un mar de festividad, su silencio y oscuridad contrastando agudamente con el bullicio y el colorido de la calle. Era como si el carnaval, con toda su vitalidad y júbilo, se detuviera abruptamente en el umbral de aquella morada, incapaz de penetrar sus secretos.

El noviazgo que detuvo el tiempo

La vivienda de Rafael y Ciprianolenso se convirtió en un caserón misterioso. Un hombre desaparecido —aunque también bribón— y otro tan siniestro como repugnante, le daban un aire sospechoso y de macabros designios. Ocupaba la esquina noroeste de la calle y a su costado pasaba la segunda avenida más importante del pueblo y, en el otro lado, una casa transformada en bodega, la bodega de Perejil apuntaba de forma imprecisa al suroeste. Entre ambas esquinas, que desajustaban los puntos cardinales, se abría transversalmente la calle sin nombre; terminaba hacia el este, herida de muerte por una puñalada de asfalto que la arteria principal del pueblo, la avenida Leyte Vidal, le metía; y junto a la pared infranqueable de casas que le quitaban continuidad al cerrarle el paso, evitaban a tiempo que se desbarrancara y fuera directo a ahogarse en el río Mayarí, caudal de aguas bravías que culebreaba por el levante. La corta calle moría plácidamente al regazo de un parquecito con unos bancos sombreados y acogedores al que todos quisieron llamar Tamayo, apellido de quien lo mandó construir por sus propios medios.

La calle estaba atiborrada de casas parecidas cuya empinada carpintería era de pino oloroso, techadas a dos aguas con el zinc sofocante. Las fachadas compuestas de tablas horizontales acopladas —lo que no deja pasar la luz—. Dos enormes ventanales partidos en cuatro, que dibujaban una cruz al centro. Una ventana para alumbrar y refrescar la sala de forma natural y otra para el primer cuarto, protegidas las dos de los aguaceros por los utilitarios y largos corredores, fundados en altos horcones del júcaro bravo o del jiquí de ley, resistentes a toda contingencia. Entre casa y casa un callejón de poco uso.

Apenas amanecía, se abrían las altas puertas de todas las casas, y así permanecían, expuestos los de adentro a miradas penetradoras y visitas inesperadas, hasta que llegaba la hora de irse a la cama. No había mala vecindad en la calle sin nombre. Todos se visitaban, se defendían de intrusos, recelaban del curioso merodeador, se anunciaban las alegrías, y lloraban sus penas y guardaban el luto de sus muertos como una sola familia. Pero todo eso de puertas afuera, porque hacia dentro, como sucede en una congregación, donde cada cual reclama un espacio y lo protege con extremada privacidad, primaba lo personal, ocultaban defectos, y cada cual desataba sentimientos reprimidos y pasiones desbordadas. Allí, dentro de un apretado recinto, cada uno hilaba o deshilaba, disfrutaba o sufría, en ceñido silencio. Aunque, a decir verdad, como reza el refrán: «En pueblo chico, infierno grande», casi todo iba, de cuchicheo, en un hecho consumado y notorio.

A mitad de cuadra, se fincaba una casona espaciosa con portal de mampostería sujeto a tres columnas. Era una casa familiar que a veces funcionaba como una funeraria, La Hermandad. Asistía a las honras fúnebres de aquellos que mensualmente pagaban una cuota módica, y con el abono aseguraban el espacio para un velatorio decente: cuatro velas, ataúd de pino revestido de tela simple teñida con los herrajes de lata, y, finalmente, un entierro lento y pomposo camino al cementerio tendido el cuerpo en el carro fúnebre. El recinto se utilizaba poco dado la costumbre pueblerina de velar sus muertos en las casas, pero allí era cómodo anochecer y amanecer con difuntos y dolientes, ayudar al insomnio a base de café fuerte, tabaco, chistes con risas cohibidas, y todo en el frescor nocturnal, con delicadas flores que olían a muerto.

Pegada a la funeraria, sin que la dividiera un pasillo lateral, vivía Chumba, mujer solitaria que se vendía como excelente hechicera, capaz de curar encantos y provocar daños al cuerpo, según referían de ella. Desde hacía mucho tiempo se había declarado oficialmente enemiga de Fermina, la cartomántica y tarotista, la vecina rival, del otro lado de la calle. Chumba se balanceaba sin parar, a la espera del cliente que podría aparecer sin previo aviso, todas las tardes, en la aburrida barriada. Usaba una peluca negra con bucles y el sudor le corría por su frente morena a pesar de abanicarse constantemente. Como rival ferviente de Fermina, vigilaba su casa y anotaba cada cliente suyo. La envidia y el rencor ya no cabían en su achicado cuerpo.

En la casa lindante con el parquecito Tamayo, esquina noreste, vivían los Lecusay, y con ellos, emparentada por línea materna y empleada como doméstica por otra línea menos filial que económica, una mujer rellenita en carnes, siempre bien vestida, inteligente, aunque taciturna llamada Carmen, la novia imperecedera de un hombre tan elegante como reservado, una especie de espadachín, que cargaba casi pegado al brazo un paraguas negro hiciera buen o mal tiempo. Era este hombre enigmático un raro espécimen humano que llevaba por apellido, Tejerino.

Los Tejerino —así los llamaban— fueron novios durante muchos años, tantos, que el cine cambió de dueño dos veces, se abrieron nuevas calles en el pueblo, hubo tres crecidas devastadoras del río, acontecieron sequías, hambrunas, abundancia de cosechas, guerras en el mundo y guerritas nacionales, gobernaron varios presidentes en la Isla, pasaron muchos alcaldes municipales, soplaron varios huracanes y toda suerte de acontecimientos traumáticos o no. Pero ninguno de estos sucesos impidió a la pareja sentarse en el parquecito de sus cuitas ni lograron estremecer los cimientos ciclópeos de aquel noviazgo interminable superado en intensidad solo por Romeo y Julieta, y en extensión, por alguna que otra dictadura militar hispanoamericana.

Al inicio del romance, Carmen tenía un cuerpo con los calores y matices del verano, mientras que Tejerino era la viva encarnación de un Adonis criollo. Al cabo de incontables noches frente a los cambios de luna, acabaron como dos fantasmas del parquecito, y como fantasmas al fin, invisibles. Llegaron a tener dos puestos permanentes en el cine-teatro Presilla: cuarta fila a la derecha, asientos uno y dos, debajo del gallinero. Si alguien ocupaba el espacio vedado los Tejerino lo sacaban a empellones. Todos los días iban al cine, a ver cualquier película y a la misma hora, después se sentaban en el parquecito Tamayo a celebrarse, hasta las diez de la noche, hora de ir a dormir. Así durante muchos años, sin proponerse matrimonio, sin desear la carne, que es deseo lujurioso de toda pareja en pleno juicio. ¿De qué hablaban? ¿Qué importancia tiene averiguarlo? ¿Podemos darle alguna trascendencia a un idilio tan perezoso, falto de erotismo y de antojos voluptuosos?

Quizás, en el fondo, su silencio era más elocuente que mil palabras dichas al viento. Los vecinos, con el paso de los años, dejaron de especular sobre los temas de conversación de la pareja. Algunos decían que Tejerino era mudo y Carmín sorda, y que su eterno noviazgo no era más que un elaborado sistema de comunicación que habían perfeccionado a lo largo de décadas. Otros, más dados a la fantasía, aseguraban que ambos eran espías de alguna potencia extranjera, y que sus encuentros diarios en el cine y el parque eran en realidad sesiones de intercambio de información codificada.

Y, sin embargo, ¿quién puede asegurar que detrás de esa fachada de monotonía no se escondía una pasión ardiente, contenida por décadas de decoro y convenciones sociales? ¿Acaso no es posible que cada roce de manos en la oscuridad del cine, cada mirada compartida bajo la luz de la luna en el parque estuviera cargado de un erotismo sutil, imperceptible para los ojos ajenos pero electrizante para ellos?

El mismo saludo, el mismo lugar en el cine-teatro, cuarta fila a la derecha, asientos uno y dos, debajo de las ruidosas y baratas localidades ocupadas por gentes de toda ley. Solamente podría tomarse en cuenta, como un acontecimiento novedoso y que despertó en ellos la sospecha de una conjura pueblerina, los motivos que tuvo un muchacho del pueblo, pariente de Fulano o de Mengano, qué importa el linaje, la noche aquella en que por primera vez, y no sería la última, osó invadir el territorio reservado por ellos durante los 365 días del año, en el único cine de la comarca. El silencio fue una forma de sustituir las palabras repetitivas, o quizás estuvieron conversando en su mudez tediosa durante el noviazgo inútil, y nadie lo sospechó, porque ya nadie los miraba.

No obstante, preocupada por su futuro, e indiferente a lo que pensaría la vecindad si la sorprendían en un acto impuro, Carmen decidió tirarse las cartas con su vecina Fermina. Lo que Carmen planeaba era un acto de valentía y una traición a su amado, porque si ella declinó desde el primer momento la idea de comunicarle sus propósitos anticatólicos al novio, seguramente no se debía a lo que él opinara de tal acto improductivo y oscurantista, pues ella conocía bien cómo pensaba, sino al simple hecho de que su visita tenía algo que ver con el mismo noviazgo, y eso lo involucraba seriamente. De cualquier manera, convino con Belén, la hermana menor de Fermina, para que la atendieran tarde en la noche, luego de que despidiera al novio. Belén, experta en estos conflictos, descifró el mensaje. La cita fue convenida para las once de la noche, cuando faltaban pocas horas para el inicio de las comparsas y los bailes.

Visitas inesperadas

Fermina Sarmientos, viuda de Pánfilo, quien fuera un tipo medio bohemio y borrachín, sin empleo fijo y de voz ronca como venida de lúgubres pensamientos, era una avezada tiradora de cartas, y residía en el número cinco del lado sur de la calle sin nombre. A partir de su viudez comenzó a padecer la enfermedad de los viejos: hinchazón y dolor en las articulaciones. De manera que la agarró con sus conocimientos de yerbatera, tan afines con sus habilidades cartománticas. Bebió, desde entonces, el zumo de la siempreviva y la hierba mora, porque los sabía útiles para apaciguar sus males. Su hermana Belén salcochaba aquellos mejunjes con amor, con el crédito depositado en la fuerza de la naturaleza. El cuerpo grueso de Fermina olía a ropa usada, y tantos eran los baños que se regalaba con romero y mejorana que su hermana Belén, cocinera por vocación, comentaba entre dientes: «Cualquier día la zumbo a la olla porque la confundo con un fricasé».

Con el ajetreo hogareño, a Belén le era imposible gozar de un descanso merecido, por eso, de rato en rato entraba al cuarto de Fermina, huyéndole a los pensamientos sombríos de soledad y a los difuntos que sentía merodeándola en sus trajines, que la perseguían hasta la cocina y asaltaban el comedor que alguna vez ellos usaron. Buscaba refugio en la hermana, aunque, de hecho, no lo conseguía. Por supuesto, el verdadero placer de Belén, aquel que le daba una razón de vida, era meterse entre los pliegues de las cortinas marrones que, como el telón de un teatro, tapaba la obra que en cualquier momento se iniciaría detrás de la puerta. Ella se aplastaba en la pared gastada por el manoseo del espionaje, siempre dispuesta a escuchar adivinaciones, consejos, regaños y chismes.

***

Ese día bochornoso de mayo de un año que en toda Cuba se volvió inseguro y violento, quiso amanecer más temprano con el variado y melodioso trino emulador del sinsonte, con los gorriones audaces y tumultuosos, con los avisadores cantos de gallos finos de Quinto el gallero; todos, anunciaron la alborada y ellos no suelen equivocarse, a menos que la naturaleza anduviera haciendo maldades para galantear con las fiestas que se avecinaban. Belén se asomó para estar segura, porque sus ojos se abrían a la vida unos minutos antes de que dieran las seis, y vio la noche como si acabara de llegar, los grillos en su apogeo, el mundo entero dormía su muerte y el reloj de péndulo marcaba las cuatro. Belén se fue a la cocina, a iniciar su ajetreo, y decidió no comentarlo con Fermina.

Era una mañana de contenturas en el pueblo. Belén entró al cuarto de Fermina después de fastidiarles la vida a los vecinos con sus trajines escandalosos mientras barría las lagañosas hojas de las matas del patio, y quiso provocarla con el tema que todos los días era motivo de peleas entre ellas.

—Será azul, puro y sin manchas —dijo de sopetón, ahuecando las dos manos en su boca de labios finos, a gritos.

—Índigo, y no se hable más. Índigo —rugió Fermina, engullida por las fauces del monstruoso ropero con dientes de perchas y aliento alcanforado. Y su voz, grave y seca, amplificada entre maderas de cedro, sonó a catarro viejo, voz de fumadora empedernida, voz de bruja.

—Qué puñetera es la vida de una en esta casa. Si yo digo ajo, ella dice ají...

—¿Quién dijo eso? —preguntó Fermina y detuvo su ajetreo en el ropero.

—¿Qué?

—Eso, ajonjolí.

No contestó. ¿Para qué? Si de todas formas el color escogido por los vecinos del barrio resultó ser, según leyeron en una enciclopedia, el quinto del arco iris. Este, tan simple y frío, había sido, entre todos los colores a escoger, el más lindo para engalanar su calle, la primera vez que el Gobierno Municipal dispuso su participación en los festejos del carnaval. La calle, un día antes de las fiestas patronales, ya estaba vistosamente arropada de azul, mientras las demás se cubrirían con papelitos de diferentes colores, semejante a un techo movedizo batido por el viento. La corta calle sin nombre oficial en la que vivían ellas y otras cuarenta personas, sería azul, no índigo ni añil ni turquí, azul, así de simple, aunque su hermana en la terquedad senil, Fermina Sarmientos de Riego, viuda de Pánfilo Antonio Riego, se empeñara en el índigo.

—Nos dieron la tarea de ayudar con harina, para la goma de pegar... ¿Encontraste lo que buscabas? —preguntó Belén a voz en cuello mientras se alejaba con rumbo a la cocina.

—¿Qué cosa?

—¡Las barajas, coño! —gritó tensando las cuerdas de su cuello flaco; pero su hermana no alcanzó oír la última palabra, dicha con coraje, como queriéndole reclamar las tantas molestias que le causaba con su embrionaria sordera y los achaques de mujer pasada de años.

A pesar de los implacables setenta y tantos septiembres que arqueaban su cuerpo macilento, obligándola a encañonar la vista al suelo las escasas veces que decidiera abandonar el cuarto, y cuando al andar arrastrara los pies como si arara la tierra, Fermina era observadora por naturaleza. A sus escrutadores ojazos verdes no escapaba ninguna palabra que moviera los labios o el gesto más sutil y escurridizo. Paulatinamente sus oídos perdían la capacidad de captar los sonidos del habla, pero sus ojos bizantinos, de verde brujeril, descifraban las oraciones de la boca cercana. Miraba los labios y el estiramiento de los músculos de quien hablara con ella para juzgar si falseaba la verdad, como una ordalía «porque la mentira quema como el fuego. La mentira es la primera capa del adulterio», decía. Así advertía el engaño o la vacilación apenas se esbozaban en los labios. Así aprendió con rapidez el oficio que aportó luego suficientes monedas para el sustento antes de que su marido, Pánfilo Antonio Riego, quien la indujo en el negocio de las cartas, se ahogara en alcohol cuando pretendiera beberse de un tirón el contenido de un litro de ron Matusalén, aguantando la respiración. Cometió tan bárbara osadía para cubrir una apuesta, y sufrió un paro respiratorio mortífero que todos los parroquianos comentaron fue de muerte natural, porque era de lo más natural que Pánfilo dejara de existir algún día por el maldito vicio y sus hábitos de apostador.

Belén regresó al cuarto de su hermana mayor con una taza de café humeante. En la sala y demás rincones predominaba el criterio ordenado de Belén. En cambio, en el cuarto de Fermina, la efectividad del descuido confiaba todas las cosas a su despreciable suerte.

La casa carecía de espejos, ni siquiera uno chiquito para un retoque de emergencia. «Es suficientemente insoportable lo que una lleva por dentro, para recargarlo de colores por fuera», decía Fermina. La verdad de estas palabras habría que buscarla en el pasado, cuando por primera vez la tía Gabina, que empezaba a enloquecer, alertó a todos de que los espejos de la casa, excepto el mayor de ellos situado en la saleta, crujían cuando ella se miraba en ellos: «Eso le sucede a los que tienen un pacto con el Diablo», dijo el abuelo Remigio. «No —censuró muchos años después Fermina, quizás para constatar sus conocimientos—, son vampiros; los que no pueden verse en los espejos son vampiros chupadores de sangre» palabras que nadie osaría discutir ni siquiera arguyendo razones comprobables, porque ya habían visto la película de Drácula en el cine Crespi —un cuartucho alargado entre una casa y una tienda de zapatos y sin pared de fondo, que amenazaba con hundir su pantalla en el río—, o se la habían contado con lujos de detalles. El enigma, espinoso y preocupante, requirió de un especialista ajeno a la familia, quien, para detener la grave enfermedad mental de la tía desquiciada, propuso, y decidieron los mayores: «No sustituir los rotos por nuevos», ya que, entre otras cosas, como decía el sobrino proscrito, Macedonio: «La tía Gabina es tan fea que ni los espejos la soportan».

El único cristal que aguantó los estragos destructivos de la tía loca fue el descomunal de la saleta, grueso y bien enmarcado, que sobrevivió los supuestos hechizos de los ojos maléficos hasta la llegada de Pánfilo —para esos días muchos difuntos adornaban las paredes— quien lo descolgó para cubrir una apuesta de cantina. De manera que, a partir de entonces, nadie pudo repetirse al frente de sí mismo, y solo Fermina, escurridiza y ladina, miraba complaciente su borrosa imagen en una palangana con agua que guardaba en la habitación clausurada del tatarabuelo.

Muerta y enterrada la tía loca, cada cierto tiempo se iban rajando los finos cristales de los cuadros y esta desgracia se extendió luego a los vasos y a toda la vajilla que fuese de vidrio. Poco a poco aparecieron los jarros esmaltados y de latas de conservas, y hasta dos platos labrados en algarrobo, de los que usara el veterano abuelo en la guerra manigüera de 1868, pues ni los de barro resistían a tales embates del supuesto maleficio.

Por eso Belén no veía el vestido que llevaba puesto. El vestido desgarrado en aquel cuerpo estirado y esquelético le colgaba como andrajos, aunque guardara en el ropero todo lo necesario para agradar a los husmeadores visitantes. Si Belén hubiera intentado caminar de lado, alcanzaría sin esfuerzo el imposible anhelo de muchos magos, de transparentarse y desaparecer en el asomo de un perfil. A veces, pensaba Fermina, era más fácil adivinarle el ánimo, sus melancolías y pesares, que visualizarla y tener la certeza de una existencia humana. No obstante, se portaba diligente en las tareas domésticas, aunque protestara por todo, incluso, por lo que ella misma alguna vez pensó o dijo de cualquier asunto, de manera que, por ser tan olvidadiza, lo que dijera hoy podría llevarla al desastre de la opinión mañana.

Belén también era tempranera. Sus trajines los iniciaba con el primer quiquiriquí, costumbre que mortificaba a los vecinos de al lado quienes aceptaban aquellos ruidos molestosos de cacerolas, el barrido constante de la escoba sobre la hojarasca del inmenso patio arbolado y sus cantaletas madrugadoras y desafinadas, no solo por respeto a la vecindad, sino porque comprendían que, aceptando al prójimo, estos debían aceptar los suyos, pues entendían de forma casi filosófica que nadie escapaba de sus defectos y costumbres.

Belén dejó la taza, la única sobreviviente, sobre la mesita de noche en donde un retrato de Pánfilo, seguramente ebrio al momento mágico en el que el único fotógrafo del pueblo tomara la foto, permanecía vigilante y alegre. Era lo primero que saltaba a la vista, una imagen amarillenta, apagada, testigo del derrumbe, espíritu guardián de su viuda y acechador de pecados de los muchos desgraciados y desgraciadas que asistían en busca de consuelo mediante la cartomancia. Y el retrato de Pánfilo, aún con cristal, tanto por la profesionalidad del artista del lente como por su postura, semejaba un galán de novelas que sonrió ante la cámara con aquellos ojos achinados y tramposos. La imagen, con el tiempo, adquirió los colores sepia y sobre la firma borrosa del autor quedaron entintadas cuatro palabras: «A mi adorada Amada». En todo el reducido espacio se notaba la presencia de Pánfilo, regada en cualquier rincón: zapatos viejos y mugrientos, rones, una camisa ahorcada de un clavo, un frasco de colonia vacía y sin tapa, además de una cajetilla de cigarros a medio uso. Una veintena de años en espera de que su dueño los usara o cambiara de puesto.

Ya Fermina estaba recostada con la cabeza rozando el retrato antediluviano de su difunto marido y barajando las cartas descoloridas por el uso y el abuso, cuando escuchó malamente el grito de la hermana.

—¡Acuérdate que hoy viene la señorona… y también la otra, tú sabes!

—¡Vaya! Una con mucho y poco y la otra con poco y mucho. Esa ricachona señora no necesita venir a tirarse las cartas —dijo Fermina al retrato de Pánfilo que le sonreía como si asintiera a tal aseveración.

Fermina, alzando la voz al mismo tiempo que descubría sobre sus piernas una carta con la *luna* y otra con *el ahorcado*, hizo un gesto de desagrado. El humo de un cigarro enorme que le colgaba milagrosamente en su boca arrugada le nubló la visión y así, a tientas, le recalcó a Pánfilo:

—Un médico de ojos le hace falta con urgencia porque hay que estar cegata para no darse cuenta de las andanzas del marido. ¡Tú lo sabes, coño, porque fuiste tan sinvergüenza como él!

La boca del difunto parecía moverse, ampliarse, satisfecho por el reclamo. Fermina se había dado cuenta que de cualquier lado que lo mirara, Pánfilo la atendía siempre con el mismo gesto de comprensión, la misma sonrisa afable.

—Y esa otra, la Tejerino, pobre mujer, no sabe lo que se pierde. Si yo fuera ella me hubiera arremangado el refajo en el mismo parquecito y sanseacabó… ¿No es verdad mi chino? Se le dio esposo a María, ¿por qué no a la Tejerino?

—Deberías escriturar lo que dices —ironizó Belén mientras salía del refugio de las cortinas y con el dedo pulgar se dibujaba una cruz entre el pecho aplastado y la frente espaciosa.

—¿Qué cosa? —se agitó Fermina en la cama—. ¡Mírame a la cara cuando hablas, coño!

—Digo que hablas por hablar, no tienen fundamento tus comentarios.

—¿No? Dime una cosa mi hermana —Fermina sacudió su brazo con trece pulseras de colores—, ¿Por qué no te juntaste con aquel moreno cabeza de puntilla en vez de quedarte solterona?

—Para cuidarte, so inútil —gritó Belén, y sin querer miró a Pánfilo y sin poderlo evitar le vino a la mente aquellos días en que él la cortejaba, mucho antes de declarársele a Fermina.

Belén, con una mordaza de huesos, tapó el chubasco salobre corriéndole por el rostro.

Fermina ahuecó su mano regordeta en el oído, con la cara transfigurada de enojo.

—¿Qué?

—¡Cuidarte! —vociferó Belén—. O ¿acaso has olvidado el juramento en la tumba de nuestra madre?

—No me vengas con esa historia, que ya gozamos juntas la edad que llevas *jorobándome* la existencia. Y es verdad que me cuidas, pero yo cuidé de ti cuando niña, ¿recuerdas? Pero lo otro, lo del negro, ¡Ay, *mijita*, no me hagas reír! Te gustaba mucho, te lo hubieras comido de un bocado sin quitarle los trapos, lo que pasó fue que te juntaste con solterona de las barajas, la María Cardet, que a lo mejor te metió adentro el bichito del príncipe azul y tú, le creíste el cuento… ¿Es o no es?

—¡*Chsss*! —siseó Belén—. Baja la condenada voz que en cualquier momento tocan en la puerta.

Como si adivinara, escuchó unos golpazos contundentes en la puerta, y de repetición el movimiento de la herradura clavada sobre ella, espantadora de demonios. Dudó que fueran las refinadas manos de alguna señora pudiente, ni la alcaldesa ni Josefina.

—¡Ya va! —gritó.

Secó su nariz ahogada en mocos y los ojos violáceos del llanto reprimido y comenzó a ordenar el cuarto indómito, a sacudir sin respeto con un trapo sucio, a doblegar la insurgencia de los tres difuntos colgados a la pared.

— ¡Va! —repitió.

Apuró el paso hasta que abrió la puerta chillona, engoznada setenta años atrás, cuatro lustros antes de que ella, Belén Casimira, aún señorita por el afán de pretender lo mejor, o, tal vez, por carecer de fuerzas para pelearse por un macho y quitárselo a la hermana, naciera un día de los Inocentes en un año bisiesto que no deseaba recordar, en el valle florido de San Gregorio de Mayarí Abajo.

—¡Buenas, mi vecina! —Oyó la voz que venía casi a ras de su cintura—. Chica ven acá, ¿tú tienes por ahí un huevo que me regales? Estoy cocinándole la comida a mi mujer y a ella le gusta comer arroz blanco con huevo frito.

Belén miró hacia abajo y pensó: «Comida de putas». Fijó su vista en el enano Figurín, ancho de hombros y de ojos vivaces. No era en verdad un enano, de esos que mostraba el circo que una vez al año pasaba por allí en temporadas, con su carpa zurcida, tres payasos, dos trapecistas, una mujer sin cuerpo, un hombre eléctrico y un domador con un par de leones que no daban miedo, sino lástima. No, el pequeño hombrecito estaba bien formado de la cintura para arriba, era de brazos musculosos y mantenía, con su trabajo arduo en la Casa Consistorial, y una hombría entre piernas, a una mujer bien formada con quien tenía seis hijos de buena casta; y hasta una amante embarazada mantenía con tales atributos. Su enanismo, para decirlo con propiedad, era de malformación congénita, ya que al nacer le faltaron los fémures y para colmo, calzaba el número ocho. Tratando de recuperarse del asombro, Belén no pudo evitar que su rostro reflejara el desagrado que le producía aquella visita sorpresiva.

—Un huevo, vieja —repitió el enano, y seguidamente miró la calle y dijo bajito, apenas audible, a tres pies del suelo—. Mira quienes andan por ahí, la alcaldesa y Saborí, el cabo de la policía. ¿Vienen para acá? Esto es todo un acontecimiento. No me lo puedo perder.

—¿Quién es? —se oyó la voz potente y catarrosa de Fermina.

—Nadie —gritó Belén mirando hacia el cortinaje del cuarto. Se agachó un tanto y dirigiéndose al enano susurró a su oído—. Espérate aquí Figurín, voy a buscarte un huevo, pero te me vas enseguida.

—Un momento —dijo el enano—, no vine solo por el huevo. Necesito tirarme las cartas con la madrina.

—Ahora no puede ser Figurín, tú sabes cómo son las cosas.

—¿Cuándo?

—Bueno, a lo mejor para cuando la rana críe pelos. —dijo jaranera Belén y enseguida apuntó al reloj invisible de su muñeca huesuda—. Mira, son como las tres, ven a eso de las cinco y cuarto.

—¿Te fijaste en el paquetico aquel? —dijo el enano señalando la calle con el pulgar por encima del hombro.

—¿Qué paquetico?

—Un bilongo, para ustedes dos —dijo el enano Figurín, con la astucia categórica de un conocedor en materia de santería.

Belén miró afuera. En el mismo borde de la acera, a un cartucho castaño le asomaban por la boca estrujada dos patas prietas de gallina. Un lazo rojo timbraba el paquete y precisaba el contenido. A Belén se le erizaron los pocos pelos de los brazos.

—La bruja de Chumba fue quien dejó ese regalo —dijo rabiosa y fabricó una cruz con dos dedos rechazadores de embrujos.

—Seguro que sí —afirmó el enano y despotricó—. Que se coma su propia porquería y cague pelo. ¿A qué hora me dijiste? Ah, pasadas las cinco. Aquí estaré.

El sobre delator: Presagios y remordimientos

La sombra atemperante de miles de papelitos azules colgados de un techo de cordeles, asidos tenazmente a los aleros de las casas a lo largo y ancho de la calle, junto a las verdes pencas, como manos largas de palmas amputadas y ceñidas a los postes de la luz pública, saludaron al cabo de la Policía Municipal.

El cabo Saborí se detuvo de repente frente a la casa-funeraria. De ella salía descalzo y a pasos de maratonista, un negro flaco, hecho de cuerdas elásticas que envolvían sus huesos tan duros como el acero.

El negro tenía un cuerpo acostumbrado al trabajo obligatorio —interminable trabajo de servidumbre en pleno siglo XX—, que a él por un momento le pareció un esclavo moderno con cierta libertad de acción, un hombrecito de pocas entendederas a quien todos llamaban el negro de Argentina o de Amaury, porque dicha señora y el mencionado señor lo utilizaban a diario para sus servicios. Todos le nombraban Negro, Negro para aquí, Negro para allá, nadie sabía ni le interesaba su verdadero nombre. El Negro, loquito peculiar, no era violento y hacía los mandados a quien solicitara sus servicios, tostaba café, barría patios, chapeaba jardines, cargaba paquetes. Algo que lo distinguía era cómo estornudaba, lo hacía tan fuerte, que el estruendo alcanzaba a oírse a dos cuadras. El loquito, hermano de la dueña de la funeraria, era uno de los tantos personajes del folklore pueblerino.

Aunque al veterano policía la presencia del negro lo entretuvo un instante, realmente, un pensamiento fugaz, como relámpago, le alumbró la inteligencia detectivesca y le dejó clavado en medio de la calle. Ni siquiera notó la presencia de la alcaldesa, quien le dedicó una sonrisa al pasar, ni cuando ella entró en casa de Fermina, la cartomántica, último lugar que él visitaría en el pueblo antes del anochecer.

Vino a su nariz el recuerdo de seis meses atrás del tufo a vinagre que brotaba de la casa misteriosa, sobre todo mientras pasaba por el comedor, como en aquellos primeros años de sus indagaciones rutinarias, pero, ahora que lo pensaba, ese era uno de los detalles que faltaba. En su lugar, el olor del maíz sarazo horadado por gorgojos hambrientos y los desechos nauseabundos del guano de murciélago, eran superiores a todas las pestes del mundo, que lo hicieran escupir varias veces. Su olfato de policía le sugería que no más tarde a la terminación de las fiestas del santo patrono, debía reexaminar los archivos y... Cuando inmediatamente recordó: «el sobre», dijo para sus adentros. Se dio vuelta y regresó a la casa misteriosa.

Allí estaba, en la boca de cerámica del perro, fiel amigo del hombre, el sobre que tantas veces pasó por alto, al que nunca le prestó atención policíaca, el que le hubiera evitado seis meses de visitas, mediante una confesión escrita que desenredara el misterio de los Malasangre. Agarró el sobre con cuidado, estaba escrito a lápiz *«Calle Azul».* Dos palabras anunciadoras, delineadas con el reposo del enclaustramiento, o la entereza del juez supremo. Olió el papel amarillo y acicalado por el derrumbe del tiempo. Apestaba a la humedad contenida en seis largos meses.

—¿Por qué Calle Azul? —preguntó en voz alta y se contestó—. Para que todos la lean, supongo...

Sintió el impulso de abrirlo, lo espoleó para saber los pormenores de la verdad que se acumularon durante diez años y tres días, pero, recapacitó de inmediato: «No es mío», musitó con alivio. «Además», reflexionó, «para qué, si en definitiva lo sé todo y en unas horas no seré más el cabo de la Policía Municipal». Entonces, miró hacia la cocina en tinieblas y le dedicó al espíritu corpóreo de Rafael Malasangre, una sonrisa concluyente de agradecimiento. Metió el sobre en el bolsillo de su camisa, y suspiró al alivio de una espina desencarnada.

***

El cabo regresó a la calle de las banderitas azulosas. Debía entrevistarse con una vecina que

43

denunciaba una posible insurgencia en el barrio. Tocó a su puerta. Abrió Chumba, la mujer con medio siglo de vida incompetente, algo prieta, quizá demasiado tostada al sol, con existencia de osa solitaria, la que se creía con mayores poderes de adivinación en su altar de santos brujescos, aunque ni siquiera su parentela la visitaba ya.

—Entre, señor cabo —le dijo.

—¿Qué asunto tienes que declarar? —indagó Saborí, sin deseos de iniciar una investigación seria. Solo contaba con pocas horas para ejecutar sus planes y no deseaba se hicieran comentarios adversos sobre él, al menos mientras fuera el cabo de la Policía.

Chumba tomó asiento pegada al cabo. Según confesó en la nota que escribiera antes y le hiciera llegar a la jefatura de Policía, su asunto era confidencial.

—¿Va de viaje? —preguntó de sopetón.

Saborí se estremeció. Nadie podía saber ni sospechar sus planes alocados y menos que en el maletín guardaba objetos comprometedores.

—Aquí el que pregunta soy yo —dijo imperioso.

—Bien. Aquí en el barrio hay quien se dedica a levantar falsos testimonios. Entra y sale mucha gente, eso está contra la ley de Dios —dijo Chumba, mientras una mano cubría la delación y un dedo de fusil apuntaba afuera, achicando el ojo francotirador.

—Eso es trabajo del cura —dijo el policía.

—Habla mal del Gobierno —ajustó su mirilla la denunciante emboscada.

—¿Qué dice en contra? —preguntó, por rutina.

—Bueno… dice que si es una dictadura… ¿Usted sabe? Que si esto, que si aquello.

El cabo Saborí ahogó una risa de burbujas en ascenso. En cualquier momento le metía un giro brusco a su vida militar, y allí estaba, oyendo estupideces que, en definitiva, sopesándolas bien, llevaban algo de razón. Él coincidía con la idea de que el Gobierno tomaba un rumbo distinto al interés general. Hizo una pregunta torpe, que pareciera relevante.

—¿Usted cree que está saboteando al presidente de la República, al general Batista, para tumbarlo?

—Ya lo creo que sí —dijo Chumba, exaltada—. ¿Qué hará con ella?

—Levantaré enseguida un acta de acusación —dijo como buen policía—. Usted se me queda quieta, para que no se espante el pájaro.

—Yo soy una tumba —dijo Chumba mientras hacía una sutura labial de soplona impura.

El aire refrescante que entraba completo por la puerta entreabierta alivió el peso del periódico sobre la mesita central de la sala, sus páginas susurrando secretos que nadie escuchaba. Por ese detalle sublime, casi imperceptible, Chumba se fijó en el sobre, que asomaba como una cara de papel por el bolsillo de la camisa del policía. La blancura del sobre contrastaba con el azul descolorido del uniforme, como una bandera de rendición en un campo de batalla. Algo que no pudo descifrar de inmediato la inquietó, una sensación visceral que le retorció las entrañas y le erizó los pelos de la nuca. Era como si el sobre emanara un aura de misterio, un magnetismo siniestro que atraía su mirada una y otra vez.

Seguidamente, sus ojos le ardieron como si los expusiera al humo apestoso de un incendio, una quemazón que se extendió hasta su garganta, dejándola seca y áspera. El ardor le recordó a las velas que encendía en sus rituales nocturnos, cuando invocaba a espíritus y santos por igual en busca de respuestas. Parpadeó rápidamente, intentando disipar la sensación, pero esta persistió, como un presagio de desgracias por venir.

Recordó, no obstante, la nota que le enviara en relación con su denuncia y se alarmó. Un escalofrío le recorrió la espalda, serpenteando por su columna vertebral como una culebra de hielo. ¿Habría cometido un error? ¿Sería ese sobre la respuesta a su delación, un castigo divino o terrenal por su lengua suelta? Chumba se removió incómoda en su asiento, el cuero viejo del sillón crujiendo bajo su peso, como si hasta los muebles protestaran por su traición. Dijo:

—Ese papel me compromete. Debería destruirlo.

—No es el suyo —dijo el cabo señalando el sobre con un dedo—. El suyo lo quemé.

La bruja soplona volvió a sentir el extraño ardor de sus ojos, pero esta vez en el ombligo, como anunciando un empacho de chicharrones. Ella conocía suficientemente de embrujos y mala obra, de vida más allá de las tinieblas. Con una mano cansada quiso proteger el leño quemado de su cuerpo con la señal de la cruz y dijo un «¡Solavaya!» tan tosco como vulgar.

El cabo, por su parte, recordó cómo llegó a sus manos el sobre que ahora parecía un objeto simbólico, algo que alteraría al barrio. Como policía advirtió los temores de Chumba y su intuición le dijo que este encuentro sería importante, aunque no pudo descifrar que esta conversación sería la chispa que encendería un fuego mucho mayor en el pueblo.

Chumba, para despistar al cabo, sonrió complacida. Saborí se levantó y buscó la puerta de salida. Chumba, asumiendo su nuevo rol de delatora, impidió que el cabo se fuera. Una pregunta la inquietaba, como un lastre del que urgentemente debía librarse.

—Ah, pero no le mencioné el nombre —dijo.

—No hace falta —rechazó el cabo Saborí—. Por algo soy policía.

Y se marchó con ganas de explotar en una carcajada elocuente.

Cartas, muertos y preguntas sin respuesta

El joven Fermín Américo amarró sus piernas con tiras de una yagua que descolgó de una palma. Las usó como polainas para andar por el sendero colmado de plantas mortificantes que desgarraban la piel al más simple roce. Para envolver sus descalzados pies, tajó la camisa en dos partes iguales. Así que, con el tronco y sus brazos desnudos y la cabeza sin cubrir, quedó desprotegido para que cualquier púa de la floresta, a nivel de la cintura y por encima de esta, quedara prendida del pellejo e hincara su cuerpo hasta sangrar las venas.

Recordó las enseñanzas de su abuelo, cuando era niño y lo hacía caminar entre marabúes o meterse en los pantanos hediondos, solo para que aprendiera a defenderse ante las catástrofes y calamidades de la tierra o las maldades del hombre.

«¿Cuándo estaré listo, abuelo?»

«Cuando sea tu hora», decía el abuelo Fagundo Américo, un hombre sobradamente maduro al momento de nacer, que, en la inocencia de un beso incompleto recibido en la niñez, le vino cabalgando el deseo de agrandarlo en su boca, y lo hizo visitar un burdel a edad temprana. Allí conoció a la primera hembra de su especie que lo empujaría a probar todo lo sabroso que existía sobre la tierra conocida y lo que había más allá de la curvatura del pensamiento, lo insospechado. Y en aquel alumbramiento del macho que se arrancaba el cordón umbilical, visualizó al hombre que sería entre los pelos demasiado revueltos de una mulata, y desde entonces sufrió de adicción a los movimientos absorbentes de mujer, tanto fue así, que lo quiso repetir con 225 mujeres distintas para completar su aprendizaje.

«Tu día llegará, aunque no recuerdes ni el nombre. En algún momento nos llega la hora, sin que nadie ni nada lo pueda evitar. Queda dicho».

El niño sufrió el abortamiento de la infancia, y al adolescente engendrado lo enseñaron a caminar en el borde de todo lo improbable. Así surgió el adulto, antes de tiempo, por eso en sus afiebrados sueños se rajaba con las uñas el alma y asomaba la cara del niño que nunca fue. De hombre, creyó que debía preguntar, pero ya no tenía a quién. En ese camino tortuoso llegó a comprender las enseñanzas de su abuelo. Había llegado a la madurez, y debía decidir por sí mismo, sin andarse por las ramas. Entonces, se alzaría en los montes cercanos de su pueblo natal porque pensó que esa era su hora. Eran tiempos ya de convertirse en soldado de una revolución emancipadora.

Bebería del curujey, comería frutas silvestres, andaría los senderos intransitables huyendo de quienes seguramente lo buscarían como una jauría humana por haber matado a un hombre, y en su intento de abandonar el pueblo en la noche, tomaría un callejón que lo conduciría al río y de allí a los montes de la Sierra Cristal, donde intentaría unirse a las fuerzas rebeldes. Sin embargo, no podía incorporarse sin armas, era una política de los alzados: «El que venga con nosotros, que venga con un arma arrebatada al enemigo».

Esperaría la hora adecuada para desafiar al destino, arrellanado en el banco más apartado del parquecito Tamayo, donde la luz amarilla del poste eléctrico llegaba rajada en pedazos. Y hasta tarde en la noche esperaría, cuando a los Tejerino el sueño los jalara a las habitaciones separadas y distantes apenas los rindiera el aburrido silencio de treinta años. Y entonces debía aguardar paciente la llegada del soldado del ejército constitucional, el desdichado casquito, quien sin fallar una sola vez vendría a manosearse con la misma mujer, en el mismo banco, a la misma hora, todas las noches hasta esa, que sería la última.

La resolución de matar estaba hecha desde antes, no sabría explicarse cuándo tuvo la certeza de ser un matador, de cuándo ni por qué acabaría degollando a un hombre, pero desde siempre supo que el anunciado del abuelo Fagundo sería cumplido. Habría podido ceder al arrepentimiento que afloraba, sobre todo, después de acuchillar algún animal salvaje o doméstico, pero la sangre excitaba al homicida que bullía dentro.

Para llevar adelante sus planes de alzamiento escogió los preparativos de las fiestas patronales porque así nadie sospecharía de su presencia en un parque a esa hora de la noche. Eran días convulsos, con los llamados *maumaus* barbudos alzados en las montañas y la amenaza de que en cualquier momento suspenderían las garantías constitucionales mientras las tropas se acuartelaban y se declaraba el amedrentador toque de queda. Además, ninguna ruta de reconocimiento de los soldados tendría en cuenta su presencia en momentos tan complicados y de celebraciones. Lo planeó todo minuciosamente e incluso, protegió su conciencia, pues siguiendo los consejos del abuelo se refugió en el niño que llevaba dentro, para que la ira no lo dominase, cuando llegara el momento de ejecutar al soldado. Lo haría fríamente, sin que mediase lo personal, sin que el odio o la sinrazón lo poseyeran, y así, no sería acusado de asesino despiadado ni por los hombres ni por Dios. Por eso, esperaría esa hora con la calma del gato al acecho, lamería sus planes malsanos como el felino pule sus garras.

En la mañana de ese día que sería funesto para el soldado y resolutivo para él, vísperas de los festejos del Patronato del pueblo, decidió tirarse las cartas con Fermina para, a través de estas, intentar descifrar el porvenir.

Caminó por debajo del techo cubierto con zafiros de papel discontinuo, que parecían runrunear con las caricias del más ligero viento. Notó que la sombra de su cuerpo, alargada como una liga, le aventajaba el paso y se confundía con la de miles de banderitas bailando alegres sobre el asfalto. La imagen le hizo gracia y en ese momento reflexionó como si fuera un poeta, y dijo para sí: «Podré olvidar hasta mi nombre, en un arranque de locura, pero la impresión que me causa esta calle *asombrillada* en azul, será eterna». Llegó, pues, a la casa de Fermina, el número cinco del lado sur.

Belén lo recibió extrañada. No era usual que un muchacho de la otra cuadra las visitara. Entró al cuarto y notó que Fermina estaba dormida, o muerta, con los ojos semiabiertos e inexpresivos, con la vida alejada del cuerpo, buscando un orificio por donde escapar. De cualquier forma, lo único que la haría volver a la realidad era estrujar un papel junto a ella, como fuego trepidante, eso la molestaba al punto de rebullir de cólera. Belén maltrató el periódico viejo con sus dedos esqueléticos milagrosamente articulados, lo arrugó tanto como pudo. Fermina levantó la cabeza de golpe y respiró con la angustia de quien emerge de aguas profundas.

—¡Coño, no vuelvas a despertarme así! —rugió, como quien sale de su ahogo.

Los pronósticos de la cartomántica, para Fermín, no fueron claros. Todo el tiempo, durante media hora de barajadas y destapes, los arcanos de las enormes cartas le hablaron de un pasado confuso, que él conocía al detalle. Un pasado odioso invariablemente insípido, desprovisto de incentivos. No obstante, aunque quedó insatisfecho, la carta con la torre invertida y que la tarotista interpretó como que algo en la vida del joven llegaba a su fin, él lo tomó de otra forma: «que uno de los dos, el soldado o él, acabaría muerto». Lo que no le dijo ella, y lo guardó para sí, en cierta forma, la torre era la arrogancia que debía ser castigada.

El joven, que vivía al doblar de la esquina, y conocía a la mañosa adivina, se cuidó mucho al hablar, pues sabía de su sagacidad al leer los labios, por eso nunca mostró su boca embustera a las esmeraldas agoreras de ella, y la tapó con el pañuelo insinuando un resfriado mañanero. Como a Medusa, era preferible no mirar de frente sus ojos brujos. Y al no mostrar los labios ni los ojos, las verdaderas intenciones homicidas y de escapar para convertirse en barbudo, quedaron protegidas. Aún con la seguridad de que hacía el bien, la maga le dijo algo que lo haría dudar:

—Tú cierras un ojo para mirar ciertas cosas, y así miran los tuertos…

—¿Por qué me dices eso?

—No lo digo yo, está escrito ahí.

—¿Qué otra cosa dice ahí?

—Lo que hagas a partir de ahora, sea bueno o malo —Fermín la miró de frente por primera vez y Fermina aprovechó el santiamén—, te saldrá bien… y no quieren decir más nada para no faltarle a los enigmas del Señor. He terminado.

Una vez confrontados los agüeros, con la mente fija en el desastre de su intención, salió a la sombra de papeles azulosos, y encaminó sus pasos hacia la iglesia, apenas a una cuadra de allí, en donde se sentiría protegido. En una conversación que resultaría confusa hasta para el mismo Dios, le confesaría sus planes tremendos y le pediría que no se convirtiera en un estorbo pues tenía la obligatoria tarea de matar, para con sangre ajena, iniciar la liberación de su patria.

***

Coincidiendo con la salida de Fermín Américo, después de las diez y cuarto de la mañana, el zapatero remendón del barrio, Mingo Rundero, un negro instruido, soplador de la trompeta en la Banda Municipal, con la cara acribillada de verrugas, al que le faltaba un dedo y le sobraban dientes y, conejo macho que no dejaba de preñar a su mujer —hasta dos veces al año— y tenía hijos por doquier, creyó oportuno hacerle una visita sorpresiva a la maga tira cartas, su parienta lejana en el árbol genealógico, según él atestiguara luego de hallar unos documentos antiguos del abuelo que revelaban unos lazos sanguíneos perdidos en un libro de bautismos del 1858. Mingo les había descifrado a Fermina y a Belén aquellos papeles amarillentos, copia fiel de los archivos eclesiásticos, en donde aparecían sus ancestros esclavos y que por parte de su bisabuela materna llevaban el mismo apellido Sarmiento, aunque también eran Sánchez y Colunga. Fermina descubrió en esta búsqueda incesante del zapatero que su apellido Sarmiento se perdía y aparecía confundiéndose con otro que no quería ni siquiera pronunciar. Fermina aceptó, sin comprometerse, a llamarlo primo. Total, nada perdía ni ganaba. Belén

55

cruzaba los dedos, se persignaba y se pasaba todo el santo día casi de penitencia para resarcir el daño que causaba esa idea profanadora a sus difuntos padres, españoles por herencia. Y, no resignada con la veracidad que proclamaba el zapatero le repetiría, esa mañana, su sentencia prejuiciosa tantas veces enarbolada.

—Lo que tú no sabes —dijo Belén—: los esclavos tomaban el apellido del dueño, por eso lo de Sarmiento. Pero eres negro retinto y yo blanca como la leche.

Al zapatero el asunto de los colores le ponía fogoso y contento, por eso arremetía siempre con la misma pasión que cuando desclavaba la suela de un zapato viejo.

—Sí —dijo con los dientes apretados—. Los gallegos se revolcaban con las negras y les hacían parir un hijo bastardo.

—Tú querrás decir mulatos, cosa que tú no eres ni serás, aunque te den una mano de pintura —dijo Belén.

—Bueno, bueno... ¿de qué hablan a mi espalda? —intervino Fermina, a pesar de su sordera, desde el cuarto embrujado.

Y ahí mismo acabó la discusión, pues era preferible un empate de opiniones encontradas que luego podrían reanudar con mejores armas, que una reprimenda juiciosa e irrevocable de Fermina.

—Vengo a consultar los espíritus, prima —dijo.

—A ver si hoy están de buena contigo. Pasa Rundero —le dijo Fermina.

El zapatero traspasó el umbral. En tan solo seis pisadas dejó atrás la certidumbre de su existencia humana. Adentro, tuvo la sensación de caer en peligro de visualizar la muerte. Su mismo olor a rosas y a descomposición dentro de la caja. Un vaho purulento se le pegó en los pelillos de su nariz y de allí pasaron a la lengua. Aquello le pareció como si saboreara las osamentas podridas del difunto Pánfilo. Pero su entereza de hombre quebró los temores. Saludó primero a Pánfilo con dos dedos en la frente, y luego a Fermina, «la Maga», como él le decía.

—Sí, salúdalo a este —dijo Fermina manoteando las cenizas sobre la sábana—, que ustedes eran buenos compinches. ¿Quieres que te lo diga todo?

—Todo, prima. Aunque lo que más me interesa —puso la mano sin mutilar en la boca, de bocina—, es el asunto de Ciprianolenso Malasangre, digo, si se puede saber.

—¿Y a ti qué carajo te importa ese asunto? —protestó la maga.

—Bueno, fuimos vecinos, ¿no? Además, por ahí anda el cabo de la policía. Si me pregunta, yo le digo.

—¿Decirle qué, trompetero? —preguntó Fermina en tono burlón.

—Es un decir, prima. Yo no sé nada. Ahora bien, dicen que el policía lleva varios meses trayéndole comida a Rafael, que no se asoma ni para ver si amaneció. ¿Vivirá todavía Ciprianolenso Malasangre?

Fermina chasqueó la lengua. Encendió una vela gastada de la que salía un pabilo arqueado listo a inmolarse al fuego. Dejó dormitando en el filo vidriado de la mesita su tabaco empapado en saliva ocre, a los pies de Pánfilo. Con maestría, Fermina barajó las cartas veteranas de incontables batallas sibilinas. Le indicó al zapatero que cortara dos veces el bulto. Y entre un humillo débil, señal del tabaco moribundo, y una tos perruna, rastros del vicio, fue descodificando números y símbolos.

—Tu salud es buena —dijo—. Aunque te recomiendo que dejes de comer tanta basura —el zapatero asintió. A continuación, apareció un sol y le dijo:

—Aquí hay dinero, éxito —al zapatero se le alumbró la cara.

Acto seguido Fermina destapó otra carta, la décimo tercera del arcano, con un esqueleto y guadaña que la hicieron torcer su boca en una fea mueca.

—Uh, muerte, cerca de ti, un muerto —dijo.

«¿Muerte?» Se preguntó el zapatero, y dijo para sí: «Pero si vivimos frente a una funeraria. ¡Claro!»

—Tres muertos —rectificó Fermina leyéndole el pensamiento— ¿Tres en este mismo barrio? —se preguntó enojada, al tiempo que le lanzaba una mirada a Pánfilo y lo espetaba, ceñuda—. Tú sabes algo que no me has dicho... ¡Suéltalo coño, mira que te pongo boca abajo!

Pánfilo ocultaba su achinada sonrisa dócil en el postrero aliento del tabaco. El zapatero se irguió airado y lo apuntó con uno de los dedos sobrevivientes de la conjura del martillo y la bigornia. Lo apuntó amenazante como si el cañón de su mano, bien calibrado, pudiera tirotear con frases terribles.

—Habla, coño —le dijo—. ¡Habla, porque si noooo…!

Fue cuando entró Belén, que escuchaba, como siempre, detrás del cortinaje de la puerta que separaba al cuarto de la sala.

—¿Qué pasa? —preguntó.

— Nada, que este cabrón no quiere hablar —explotó el zapatero Mingo Rundero.

Y eso fue todo para el zapatero insolente. Belén lo descalificó como hombre y lo declaró individuo no grato en su casa, después que lo insultara y le dijera hasta del mal que iba a morir. Fermina y Pánfilo se rieron juntando las cabezas dispares hasta que a ella se le salieron las lágrimas y la orina, de manera que tanto el difunto como la cama salieron empapados.

El zapatero, desembrujado con los empujones huesudos de Belén, mientras salía puertas afuera, le gritó a su parienta la maga.

—¿Y lo de Cipriano? ¿No me lo vas a contar? ¿Estará muerto?

Perfumes y presagios

Al mediodía, en el mes de mayo, el sol miraba torvo la tierra que alumbraba, y desentendido del hombre lanzaba su luz ardiente sin compasión. Los paseantes lograban refrescar un poco en los bancos del parquecito Tamayo bajo la sombra atemperante de los copudos *ficus*, sembrados hacia 1920, que eran empinados, pomposos de ramas y ambientadores naturales, hacheados tiempo después por rufianes sin ley para justificar los pozos abiertos en una clínica dedicada al estudio de las bacterias, cuando buscaban el oro supuestamente enterrado allí, en la vivienda que fuera de un farmacéutico, que antes de emigrar al extranjero enterró su botija con la esperanza del retorno. Para cometer el *arboricidio*, las autoridades locales, enteradas o no de las verdaderas razones, escucharon las alegaciones del administrador de que: «las raíces de los *ficus* penetraban hasta la taza del baño y rajaban el piso». En días que estaban por llegar, con la aparición de un personaje singular, daría un vuelco la vida cotidiana de los vecinos y la orden de desgajar los brazos grandiosos, para luego matar el cuerpo robusto y sano que la naturaleza creó a duras penas se llegó a cumplir, y con alevosía.

En los días calurosos, todos enfocaban su interés al cielo nublado y preguntaban al que atendía las cabañuelas… «¿Lloverá?». Y los entendidos en este arte centenario de la observación respondían: «Yo veré si lloverá». Si las nubes amenazaban con descargar el chaparrón en Mayarí, seguro caían, porque un dicharacho popular aseveraba «Siempre que hay carnavales o verbenas, llueve». Cumplido el apotegma, las primeras gotas de lluvia se recogían con diligencia en tanques situados debajo de las cascadas de los techos, y luego esas aguas llovedizas las bebía toda la familia, especialmente los niños, para evitar las diarreas que aparecían como una epidemia despachada por el duende de los arroyos, el jigüe, en ese quinto mes del año. Si hubo una venganza de Moctezuma, sufrida por los primeros conquistadores en México, con el consumo del maíz, en Mayarí, cada mes de mayo, se reiteraba la venganza del Guayabo, arroyo que proporcionaba el agua potable a los vecinos del valle mayaricero, y que para esa fecha, cuando florecía en sus riveras una planta conocida como *manzanilla*, esta dejaba caer a las aguas mansas del arroyo el polen, culpable de trastornos gastrointestinales en la población —el bobo de mayo—, y que trataban de impedir o minimizar sus efectos cuando bebían las primeras aguas de las lluvias de mayo que caían a chorro por los tejados.

Quien mejor lograría explicar, con indudable acierto, este fenómeno intrínseco al valle mayaricero, era el vecino de Fermina, hombre de sapiencia ilimitada, apellidado Enriche. El hombre se alimentaba de toda ciencia oculta o complicada al entendimiento humano. Se comentaba que había sido el inventor del llavero, esos colgajos sujetos al cinto, con una trampa sencilla para llevar las llaves. Fue uno de los primeros radioaficionados, con el descubrimiento de la comunicación por onda corta. Y el colmo de los inventos suyos, ninguno patentizado a su debido tiempo, fue el haber pensado primero que nadie ese artefacto dador de informaciones con un incalculable valor policial que hasta hoy se usa en todos los vuelos: la caja negra.

Así explicaba Enriche el asunto de las diarreas: «Apenas la corriente del arroyo se adorne con la manzanilla, para el mes quintil, se debe recoger convenientemente suficiente agua de las primeras lluvias, con el fin de usarla para enjugar los trastes de cocina, cocinar las viandas y como única y vital bebida, de manera que, pasado el peligro de la infección del precioso líquido, se retorne a la ingesta de las tan potables como ricas aguas dulces del Guayabo». Daba, para los más entendidos, esta otra explicación, quizá pseudocientífica: «Cuando llueve en mayo, las aguas desprenden partículas de zinc del que están compuesto los techos de las casas y los recipientes que las recogen y, siendo el zinc un astringente como también tiene efecto inmunológico en el organismo, las personas, aun desconociendo su valor medicinal, lo ingieren e impiden la enfermedad».—Luego añadía— «Cuando rompe a llover para mayo, está florecida la manzanilla, el polen cae al agua del arroyo. Si bebes en ese día seguramente tragas la causa de las diarreas. Si bebes el agua de esa misma lluvia, dejas de probar aquellas y el milagro de su pureza está hecho».

En la calle que no tenía nombre oficial, a la que todos llamaban de la funeraria, las banderitas retenían el fuego que mandaba el sol embravecido y ventilaban el aire con ritmo tembloroso. Eran pulmones azules que dejaban pasar entre sus alvéolos aéreos de papel el aire respirable. Nadie caminaba ya por la acera estrecha. Les complacía andar, de punta a punta, sobre las sombras inquietas del suelo, reflejos de aquel túnel de papeles, donde jugaban los niños, sin miedo. No había suficientes autos en el pueblo como para que uno de ellos interrumpiera los juegos del "tope tope", "la gallinita ciega" o "a la una mi mula". El encanto de la calle despoblada de vehículos motorizados daba, a las amas de casa, la oportunidad de sacar los taburetes, para limpiar los arroces, zurcir calcetines, chismear y gozar de lo lindo de aquel paraje idílico, que en pocos días retornaría a la pesada realidad.

Para Fermina, el ambiente de las festividades resultaba, más que agradable o reparador, beneficioso. Según su criterio, basado en una aritmética simple, y que solo confesaba a su hermana y al retrato fósil de Pánfilo, conseguía mayor cantidad de clientes en tiempos duros, cuando los desdichados pobres y quienes sufrían del mal de amores, venían a ella en busca de una explanación del tarot que los favoreciera. Aunque los tiempos de bonanza eran mejores, pues entonces asomaban por allí los autos de los poderosos, de hombres de negocios que planeaban grandes inversiones y no querían lanzarse a la desventura. Y en esos casos únicos, de ricachones prudentes, la tarifa se inflaba.

Era obvio que la próxima visitadora estaba entre estas dos fuentes de ingresos. Josefina, hija pródiga de un acaudalado comerciante, poseía fortuna propia, no solo por el matrimonio ventajoso, tercero oficialmente revelado, sino por la dote que le ofrecían en cada lance nupcial. Pero el caso suyo era exclusivo, requería otro tipo de atención por parte de Fermina quien no pensaba solo en el dinero. Era una mujer imprevisible, complicada criatura que había provocado ya, desde su juventud, la muerte del primer amante, y muchos desasosiegos al padre perdonador. Era, sin lugar a duda, la encantadora oveja negra de la familia. Cuando tocó dos veces, con nudillos plumados, la respuesta fue tan rápida como un beso robado. Belén la esperaba detrás de la puerta, y la recibió adulona.

—¡Buenas!¡Qué grata visita, dichosos los ojos que te ven! —dijo alargando las *eses*.

Josefina hizo un ademán con su pañuelo menudo, agradeciendo la recepción. Y con su también menuda voz preguntó:

—¿Puedo pasar?

—¡Mija! Que no se diga… esta es tu casa, adelante.

Josefina dio tres pasos cortos, adivinando no meter por una ranura del piso las puyas largas de sus zapatos, que la convertían mientras caminaba en una equilibrista circense. Belén la bombardeó con recuerdos del pasado, de cuando a Mayarí no había llegado aún la luz eléctrica ni los autos Ford, el modelo que la gente llamaba "trespatá".

—Figúrate —le dijo, asediándola en plena sala y usando un tuteo imperdonable—, que cuando tú naciste fue todo el pueblo a verte a la playa de Juan Vicente, porque tu padrino, que en paz descanse, el difunto Aurelio, quiso bautizarte con agua salada... ¡Imagínate tú!

Josefina la miraba con deseos de amarrarle la lengua, reprochándole con un gesto despreciativo la inconveniente y falsa parábola de su nacimiento.

—Y, ¿qué me dices de tu boda? —continuó certera—. Yo recuerdo tu entrada triunfal a la iglesia católica. Toda la calle, hasta el altar mayor, tapizada con pétalos de rosas rojas, un capricho tuyo, divino, por cierto, y por encima de ellas, como un ángel, caminaste tú ¡Fue apoteósica tu entrada! Bueno, eran otros tiempos —concluyó Belén cuando se percató de que le hablaba a una estatua insensible, y la condujo al cuarto de las adivinaciones.

Fermina la esperaba con una sonrisa tallada en la piedra de su boca. Eso sí, una sonrisa sin ensayo previo, profesional. Aunque Pánfilo resultaba más sincero y seductor en aquella mirada disecada por seis lustros. Cuando Fermina se fijó en él, en un relampagueo absurdo, le pareció que el viejo zorro guiñaba un ojo a la exótica señora. Sin disimulo le dio la vuelta al retrato, contra la pared, similar al castigo de una maestra al estudiante grosero, acto seguido ofreció una explicación banal.

—No queremos testigos —dijo con la sonrisa dura.

Las cartas se enredaron en sus manos, en unas manos que siempre fueron hábilmente ejecutoras. Las barajó tanto, desguanzando el tradicional orden, que una sudoración apestosa bañó su cuerpo. Josefina, con serenidad de alcurnia extrajo del bolso un abanico perfumado y un velo negro de finísimo tramado, el mismo que usaba en cada Misa del Gallo. Cubrió su pelo recogido en un moño y ventiló su cara bonita de incitante tez blanca, a pesar de los años. El ambiente alcanforado, sombrío y húmedo de la celda donde Fermina vivía, confinada por propia voluntad, cambió por la de una luz de vitrales. Al abanicarse se desprendieron del vestido los aromas de azahares, lilas y jazmines. A partir de ese momento, los arcanos no podían mostrarse dañinos o indiferentes.

—¿Te adivino el futuro, o prefieres que te haga una limpieza, o simplemente un consejo? —Inició Fermina.

—Cualquier cosa, pero que yo lo vea claro —dijo Josefina.

—Corte usted las cartas —ordenó la maga con voz blanda de niñera.

Unos dedos finos, con uñas perfectas en unas manos arregladas para alborotar el deseo, hicieron dos bultos, casi del mismo tamaño. Fermina sugirió un tercer corte. Fue abriendo cartas y ordenándolas en cruz. En el sitio que Fermina señaló, guiada por sus conocimientos en el arte ocultista, apareció una mujer coronada que sostenía en cada mano una balanza y una espada de doble filo. Era el arcano VIII. Fermina no supo por dónde empezar, carraspeó la nicotina de su garganta y bebió del agua vieja que servía para rociar a Pánfilo, en un intento disparatado de ablución.

—Esto es bueno y malo. Eres virtuosa y exitosa —Josefina la detuvo con una mano suave, pero con entereza, sobre la mano gélida llena de cartas revoltosas de Fermina, quien la miró fijo a los ojos marrones, vidriosos, y comprendió que debía tirarse a fondo—, pero de usted abusan. Cometen con usted una injusticia.

—No sigas —acotó Josefina—. Vengo a que me diga la verdad, sin las cartas, lo que usted sabe, de mujer a mujer, sin testigos.

Del otro lado de la cortina Belén aguantó la respiración. Pánfilo, de castigo, con su espalda de cartón, presintió Fermina, desaprobó un testimonio suyo que podría resultar falso y lamentable.

—Mire hija —se envalentonó la adivinadora sin la magia de las barajas ni los avisos esotéricos de Pánfilo—, todo el mundo lo comenta, y usted lo sabe, pero no quiere reconocer la verdad. Así que vamos a ser francas, de mujer a mujer: su criada atiende los caprichos de su marido cuando usted se ausenta.

—Eso ya lo sé. No estoy aquí por ella, sino por algo más importante.

—Un hombre —se aventuró la maga—, pero está probablemente muerto.

Lo dijo, y no se arrepintió, pues de repente le vino a la mente Ciprianolenso, comprador de lisonjas mujeriles, y porque al parecer, todos le deseaban lo peor al desalmado usurero. Continuó:

—Muerto o desaparecido del todo, ningún daño ha de causarle ese hombre que ya no está entre nosotras.

—¿De quién hablas?

—De Malasangre.

—¿Está vivo o muerto? —preguntó Josefina con el frío y calculador navajazo de una mujer fatal.

—No importa. El muerto y el desaparecido desocupan un mismo espacio —dijo Fermina con filosofía.

—Pero tú debes saber. ¿Está muerto?

La maga titubeó. Belén quiso meterse en la madera, desaparecer. Pánfilo le daba la espalda, y no era su culpa, en momento tan delicado, haberla dejado sola. Decidió contestar con una pregunta:

—¿Quién?

Ahora era Josefina la dudosa… ¿A cuál de los Malasangre? Guardó silencio para tomar aliento y confundir a Fermina, pero esta estaba siempre alerta y sabía cómo escapar de una celada, con maestría de maga; porque si Josefina se refería a Ciprianolenso, denunciaba con claridad que había caído en sus garras; si preguntaba por Rafael, el asunto rebasaba la suspicacia, era un asunto serio, de la Policía. Pero realmente Fermina quería preguntar algo más terrenal y prohibitivo. Y se atrevió:

—¿Fueron amantes? ¿Le debías algún dinero?

Del otro lado de la puerta temblaron las cortinas, y si Pánfilo hubiera podido atajar la riesgosa pregunta, con seguridad vibraría la fina capa de papel de su foto. Pero en lugar de una respuesta tajante, la mujer fatídica dibujó una mueca que dijo más que un simple vocablo afirmativo y preguntó:

—¿Amante de quién?

—Estamos atoradas —dijo Fermina y tomó una bocanada de humo que esparció por toda la desatinada habitación—. Yo hablo de Ciprianolenso ¿y tú?

Pasaron tres segundos tirantes. Josefina habló mientras miraba a Pánfilo, como si temiera a un posible testigo.

—Igual.

—Vaya. Al fin nos ponemos de acuerdo.

—Patria y Libertad —dijo Josefina.

—¿Qué cosa? —preguntó Fermina poniéndose una mano en la oreja.

—Patria y Libertad —repitió.

—Ahora resulta que eres mambisa. ¿Qué dices?

—Nada… ¿Ya estuvo aquí el cabo Saborí?

—No.

—Muy bien, entonces, quiero dejarte este encargo para que lo guardes, la Patria te lo deja en custodia.

—¿Qué cosa? —gritó la maga.

—Unas banderitas, rojas y negras, del 26.

—¿Queeeeé? —se insultó.

—Son pocas —Josefina metió sus manos sedosas en la cartera y sacó un pequeño bulto—. No temas, las puedes ocultar en cualquier parte. Alguien vendrá a buscarlas.

—Pero eso es comprometedor. Si me cogen con ellas voy directo a la cárcel.

—La Patria os contempla orgullosa —dijo Josefina, y cambió de tema con habilidad pasmosa—. Hábleme con toda sinceridad, sobre mi marido. Lo de Ciprianolenso, si no regresa nunca más, le echamos tierra… ¡y a otra cosa, mariposa! Quiero oír sobre mi marido.

Fermina quedó pensativa «¿Qué era todo aquel palabreo? ¿Por qué estoy obligada a guardar tales banderas clandestinas, símbolo de los rebeldes alzados? Realmente… ¿A qué carajos vino esta mujer enigmática a mi casa?» Sintió que los espíritus malignos rodaban la cama y la dejaban suspendida, levitando. Pensó que los muertos encerrados en los cuadros acabarían por mostrarse enteros y reprenderle sus actos. Pero los años, esos años tremebundos entre barajadas y embustes, aciertos y dramatismos, le habían enseñado a huir o aferrarse al hierro; a morir o matar. Y ya estaba curada de espanto. Le temía solo a Dios.

—Mire hija —comenzó, mientras sentía que algo viscoso se le atoraba en la garganta—: toda mujer tiene su momento de debilidad, usted lo sabe, el momento en que está expuesta al peligro de los deseos, vulnerable a cualquier ataque de un hombre. Más que indefensa es propensa a ceder, porque necesita una caricia, un beso, o que la vean desnuda. Hasta un intento de violación las hace felices.

—¿Qué insinúas?

—Quiero decirle que… —titubeó, miró el retrato en penitencia de Pánfilo, y lo puso de frente, porque lo necesitaba más que nunca—. Quiero decirle que su prima de usted se entregó, la única y miserable vez, por estar en su momento de debilidad, y porque su marido de usted no es fácil, nada fácil.

—¿Cómo lo sabes? —preguntó Josefina—. Y si fuera cierto… ¿Cómo puedes defenderla de un acto tan deshonesto?

—De hembra nací hembra… ¡Si las podré conocer! —fraseó Fermina, y mirándola fijo le señaló con picardía inaudita—. Usted también nació hembra.

Cuando Josefina escuchó esas últimas palabras, los arcanos le fueron revelados. Sintió un consuelo fugaz pero alcanzable. Jamás volvería a ser feliz en su alcoba, pero sí lo sería refugiándose en ella misma, convirtiéndose en Josefina, una mujer irrepetible, que, si por unas horas hubiera sido la esposa de Napoleón Bonaparte, este ilustre guerrero de fama universal quedaría en segundo plano, lo recordarían los libros como «el esposo de Josefina». Una sonrisa cálida, en armonía con sus ojos mustios, le encendió el rostro antes pálido. Apenada, con su arrogante cabeza destronada, depositó en las manos de Fermina, tiernamente, veinte pesos y las banderitas. Se marchó sin hacer ruido, por el aire, zigzagueando en un vuelo incierto de mariposa herida.

En cuanto Fermina oyó el golpetazo de la puerta, y casi un segundo después el sonido débil de la herradura estremecida en el clavo, sintió que todo en el cuarto volvía a su sitio. El retrato de Pánfilo, por primera vez en tantos años, le pareció burlón.

—Tú y yo vamos a tener una conversación seria cualquier día de estos, sin que te defienda la cuñadita encubridora —le dijo a la imagen borrosa del difunto. Y Pánfilo, como siempre, asintió con una mirada festiva virada al sepia.

Entró Belén al cuarto con los ojos saltones, las manos huesudas en temblores, fabricadoras de cruces incorpóreas, entrecortado el gruñido de la voz. Fermina la detuvo enseguida, antes de que aquella confidencia comprometedora que le hiciera a la extravagante y rencorosa mujer rebotara en contra suya.

—Tranquilízate —dijo.

Interponía su corpulencia vuelta escombros, y blandía, en la mano manipuladora, el escudo infranqueable del billete de veinte pesos con la imagen heroica de un ilustre patriota, y remató.

—Dios está con nosotras.

—No lo dudo, nunca lo he dudado, pero… ¿qué haremos con estas banderitas que no son asuntos de Dios, sino del Demonio?

—Supongo que alguien vendrá a buscarlas.

—Si no viene antes la Policía. He visto al cabo Saborí rondando el barrio.

—Ese camaján anda en otra cosa —afirmó y soltó un juicio que resultaría sibilino—. En otra cosa peor anda él.

La genealogía de lo inexplicable

Carmín Eufemia Fabiana, la Tejerino, la novia eterna, no podía aguantar las ganas de cruzar de acera y tocarle a la puerta a Fermina, a fin de resolver de una vez y por todas los caprichosos designios de su naturaleza, que la sujetaban a un hombre irresoluto que sin temores la amaba tanto como ella a él y sin embargo, nunca llegaban al acuerdo del casamiento.

A Belén le importaban un bledo las razones silenciadas para proteger tan dilatado noviazgo, porque ella misma mantenía uno, oculto en su memoria célibe, con el hombre que le había enamorado el alma y ella no supo, no pudo o no quiso corresponderle. Finalmente, por el aislamiento de la carne, y porque aquel hombre tenía la piel como borra del café, ella volcó sobre todos los negros una revancha punitiva, pretendiendo reparar con el desquite su pasada indecisión y sus amaneceres solitarios. En cambio, a Fermina el afán por conocer pormenores, confirmar cuchicheos alevosos, romper la telaraña de treinta años insondables, le pegaba un cosquilleo en la mole de su cuerpo y, sin que alcanzara a rascárselo, le causaba molestia y comezón sabrosa. De profesión, Fermina aspiraba a estar alerta, a ser justa, honesta consigo misma, en fin, hacer el bien. Como mujer, unida por el destino a un hombre despreocupado e insufrible, con el que solo después de muerto lograra amistar, se volvió intrigante y vacía de aspiraciones. Solo temía a Dios, quería con lástima a su hermana solterona y creía sentir por la gente de su pueblo un amor nostálgico, pero era otra cosa: una atracción perniciosa.

La curiosidad que despertaban los Tejerino no era privativa de Fermina. Toda la vecindad, desde la casa embrujada hasta el parquecito y, por supuesto, el pueblo de San Gregorio de Mayarí Abajo hacía lo imposible por escrutar el corazón de los novios y descifrar el código que ambos custodiaron, por treinta años, para alargar un amor, siempre en el capullo, sin que intentaran, siquiera una vez, abrirse en flor.

—No sé cómo lo haré —le dijo Fermina al difunto mientras iba barajando las cartas que engordaban con el sudor de las manos—, pero de que le pregunto, le pregunto. ¡Y tú no te metas, coño!, que ya fue suficiente con la Josefina.

Pánfilo le respondió con su mirada embalsamada. Ella lo miró desidiosa y no estuvo conforme con esa respuesta inalterada por siempre, falta de vida, invertebrada.

—Di alguna cosa —le ordenó, mientras sacudía su cuerpo de cartulina.

Entonces, en el misterio morboso de su cabeza, oyó la voz volcánica del difunto que reventaba por encima de sus enormes pechos vencidos: «Está bien, amada mía. Tú siempre haces lo correcto».

Ella reclinó sus greñas, regocijada en el humo denso del tabaco y del pasado dulcificado. Así estuvo hasta que escuchó a Belén:

—Ha llegado la alcaldesa.

Despertó a la realidad habitual de un brinco.

Una sombrilla fue lo primero que entró, luego una figura menuda de mujer, de fino porte, delicado semblante, con un mote encantador, sugerente: Chiquitita. Sin dudas el mote cariñoso intentaba hacerle honor al tamaño, pero quien la conociera de cerca descubriría el desacierto. En su pequeñez cabía una monumental mujer, y dejaba entrever que un dicho popular era susceptible a ser reversible cuando se leyera: «Detrás de una gran mujer siempre habrá un gran hombre», sin ofensas al alcalde, buen ciudadano, extraordinario político e hijo ilustre de Mayarí.

—Querida —dijo Fermina—, a usted no le hacen falta las cartas.

—No lo creas. En estos tiempos tan inciertos tenemos que echarle manos a cualquier asidero que nos saque de apuros —sonrió—. Pero no vengo a desenredar el encaje sin tejer aún, vengo a advertirte del peligro que corres.

Fermina se espantó. Ella, la maga, la adivinadora, desconocía lo que en un fogón tenebroso se cocinaba para causarle daño.

—¡Peligro! —exclamó perpleja.

—Sí, inminente. Todos comentan tus aciertos. Eres popular, ciertamente.

—¿Es peligroso adivinar el futuro?

—Entre los militares se maneja la posibilidad de usarte como trampolín para sus escaladas. Si saben los resultados de antemano, a través de tus cartas, serán invencibles.

—¡Qué tamaño disparate! —se quejó Fermina.

—Por eso he venido. Cuídate que yo te cuidaré, dice el Santísimo. Tú le haces falta a muchos desamparados de la fe, los que han perdido el rumbo, pero no debes meterte en asunto tan peligroso.

—¿Cómo haré para evitarlos?

—No podrás. Sin embargo, en cuanto tengas problemas, sin necesidad de que pidas ayuda, alguien cercano nos pondrá en avisos y aquí estaremos.

Fermina se fue al pasado, de cuando la primera dama era una adolescente, de aquella vez que un muchacho mayor, casi un hombre, en la escuela pública, quiso abusar de ella y a empujones grotescos la acorralaba contra la pared del fondo. Fermina, desde el patio vecino los vio y sin pensarlo dos veces saltó la cerca y sin temerle a la fuerza superior del agresor, arremetió con tal ímpetu que hubo necesidad de sacarlo debajo de su cuerpo, casi aplastado. Recordó el pasaje con alegría infinita.

La primera dama se despidió. En el ambiente, antes triste, dejó los aromas de la esperanza y la buena fortuna, sin que la maga destapara los arcanos.

***

Afuera, el sol boqueaba sobre las techumbres metálicas. Su tórrida despedida no aterrizaba convertida en bolas de fuego gracias a la brisa que venía alocada desde la bahía de Nipe y enfriaba el aire, con soplidos de abanico, por la galería de papeles triangulares en tonalidades de azul. La exigua calle era una ruta de caravanas sin camellos. Gentes de los barrios colindantes que no tuvieron el privilegio de emperifollar sus calles con banderines ni con pencas de palma, transitaban con el asombro de la alegría, usando esa vía color del cielo como pasadizo animado en sus idas y vueltas a la arteria principal del pueblo, en el ocaso cálido del día, anticipo de adversidades desconocidas.

A las cuatro en punto, al cabo Saborí solo le faltaba visitar una casa: la de Fermina Sarmiento, no en averiguaciones de su futuro (que de hecho lo tenía ya planeado) ni por la sospecha que ella o algún vecino supiera algo de la desaparición de Ciprianolenso (eso también lo tenía resuelto). Su visita estaba programada, dándole vueltas en la cabeza, como un mosquito fastidioso; además, el sobre decía claramente: «Para Fermina». Belén lo hizo pasar.

—Siéntese. ¿Un buchito de café? Se lo cuelo en un dos por tres.

—Está bien, gracias —dijo el cabo.

Cruzó las piernas y colocó el maletín en el suelo. Tuvo la mala impresión de que lo observaban ojos ocultos por algún orificio camuflado en aquella casa atemorizante, aunque adecentada al extremo, donde se notaba la falta de un hombre desconsiderado o cualquier otro animal sucio y anárquico; la limpieza no parecía real comparada con los cristales rotos de los cuadros y la apariencia pordiosera de Belén.

Un Jesucristo en la cumbre del arco divisorio, entre sala y comedor, con una mano apuntándose al corazón y con la otra bendecía lo que tuviera al frente, lo miraba con un reproche en sus ojos. Al cabo le pareció que no estaba definitivamente muerto, como los demás retratos que rodeaban la sala y que el hombre santo era omnipresente porque todos en Mayarí tenían uno similar. Belén lo sacó de la suspicacia policial. Sonrió a medias. El cabo sostuvo la taza humeante con una mano, y en la otra el jarro con agua fresca que ella filtró en el tinajero del siglo pasado. Pensó: «Si tengo que defenderme con el arma... ¿qué mano usaré?» Sonrió. Alzó la taza para el primer sorbo, el que todo cafetero convierte en un verdadero deleite, el que define la calidad de la colada con las dos palabras complacientes, surgidas cuando los conquistadores, después de Colón, pusieron el segundo pie en América: «Está sabroso», diría. «Lo hice con amor», se pavonearía Belén. Pero no fue así. Enseguida sobrevino el caos. El policía saboreó el primer buchito y lo escupió con la fuerza de quien sopla agua a la cabeza desplumada de un gallo fino.

—¿Está muy caliente? —preguntó Belén alarmada.

—No —protestó el cabo entre resoples y escupideras; lívido, como si lo hubieran intentado envenenar, respondió airado—. ¡Lo endulzaste con sal, coño!

Adentro, Fermina sofocó una carcajada que le hizo toser. Pánfilo le secundó, como siempre, con su mímica vivaracha en papel amarillo. Belén salió disparada hacia la cocina, su refugio (bastión inmune al parafraseo brujesco de la hermana), a forcejear en solitario con su torpeza.

Una vez que logró apaciguarse el cabo Saborí, Fermina lo invitó a pasar. Él empujó la puerta de dos hojas, hacia dentro, con la desconfianza del guerrero en una posible encerrona, y como buen policía, largó una mirada con el ángulo ancho de su cámara mental. En su interior sintió el obturador chasqueando una foto panorámica que archivaría en el almacén dedicado a los ambientes enrarecidos. La imagen de Pánfilo, que le dedicaba una bienvenida jubilosa, la guardaría como una foto festiva dentro de otra foto sombría. El olor penetrante, afilado, del alcanfor, que le cortó la nariz al entrar, no lo quiso registrar en las gavetas archiveras.

—Perdone a la inútil de mi hermana —se disculpó Fermina.

—Olvídelo —dijo el cabo—. Aunque, pensándolo bien, ¿por qué no le brindan uno más cargadito a su vecina, la Chumba?

—¿Se lo merece? ¡Ah! Seguro ya le fue con algún brete. Bueno, da igual. Se mete la cizaña solo allí donde cabe.

—No se preocupe —dijo el cabo con una sonrisa partida—. Lo que habló fue basura, y yo tengo mucha prisa.

—¿Cuándo Pascua no cae en diciembre? —sentenció la maga—. Hace años que espero esta visita, y llega cuando a lo mejor no vale la pena, y con apuros.

—Lo sé —dijo el cabo—. Los dos lo sabemos.

—¿Se lo digo todo? —preguntó Fermina por rutina.

Por eso, porque también lo sabía, el cabo no contestó.

Las cartas se abrieron y cerraron en las manos virtuosas de la clarividente. Las nubes del humo de los tabacos se mezclaron con diferencias aromáticas. El ambiente era de novela negra. Fermina miró al difunto y sacudió el aire viciado que tapaba la sonrisa de aquel instante, aterida en el tiempo.

—No te me ahogues, querido —dijo.

—Guarde las barajas, no las necesito —dijo el cabo.

Fermina asintió con la cabeza enmarañada, absorbente de humo. Lo tanteó:

—¿Tú crees en los muertos?

—Antes no... pero hace un tiempo se me pegó uno, como el churre, y no me lo podía zafar. Bueno, no pude durante seis meses, pero hoy, al fin, lo arranqué de un tirón.

—¿Ciprianolenso? —preguntó Fermina con la sombra disimulada de una confirmación.

—No —dijo el cabo con voz tranquila, con un brillo distinto en la pantera de sus ojos—. El otro, Rafael Malasangre Pandereta.

—¡Yo lo sabía, carajo! —dijo Fermina. Y señalando a Pánfilo agregó—: Me lo dijo este, que no falla nunca —a continuación, agarró el retrato y le sonó un beso. El difunto sonrió complacido.

El cabo Saborí la miró sorprendido.

—¿Lo sabías?

—Desde el primer día. Siempre hubo un misterio en esa casa, y cuando se trata de misterios, ahí entro yo.

—¿Qué cosa sabías?

—Todo.

Saborí no dijo nada. Un brillo siniestro en los ojos saltones de Fermina decía más que sus palabras. Él sabía de su penetración, sin previo consentimiento, en la mente humana; no tenía fe en las embrujadas barajas, sino en la sagacidad de la mujer que tenía al frente. Apretaba en su mano izquierda el sobre aún cerrado, que traía consigo sin explicarse las razones, desde la casa misteriosa… ¿Por qué no lo había destruido? ¿Qué motivos tenía para dárselo a Fermina, aunque hubiera un señalamiento en el sobre? Como policía tenía derecho a fingir, a mentir, incluso a matar, pero algo existía en aquel sobre, al parecer inicuo, que lo obligaba a mantenerlo encima hasta entregarlo al destinatario, a la gente del barrio.

Fermina no le quitaba el ojo al sobre, hasta que se atrevió preguntar, señalando con el mentón:

—¿Y eso?

El cabo miró el sobre con indiferencia.

—¿Esto? Un papel.

—Una confesión de Rafael —afirmó la maga arqueando las cejas, arriesgándose completa.

—Ya no me hace falta —suspiró el cabo—, te lo dejo. Es tuyo.

—¿Mío? ¿Por qué lo dices?

—Escribió que para todos. Va incluido tu nombre.

—¡Mierda! —se quejó ella con una palabrota que nunca pronunció, ni cuando estaba alterada con Pánfilo.

—¿A qué le temes? Es solo un papel.

—Es mucho más —sentenció Fermina, y se le nubló la vista.

El cuarto perdía luz, como si unas nubes trataran de borrar el sol de la tarde.

—Algún día te hará falta para descifrar el misterio —alegó el policía.

—Los dos sabemos la verdad; no hay misterio en la verdad.

El cabo hizo una mueca de aprobación. Dobló el sobre y lo dejó caer a los pies *ensabanados* de Fermina, dos sobresalientes picos en su cuerpo montañoso, de laderas rebeldes y abismos profundos.

—Pero es tuyo.

Hubo un silencio tan pesado que hasta el mismo Pánfilo lo envidió. El sobre cayó con las letras para abajo, apenado por el desinterés u ocultando sus verdaderas intenciones. El cabo, con tardos movimientos levantó el maletín que tenía entre sus pies y dijo:

—Hazme un favor. Guarda este maletín en lugar seguro. Alguien que bien conoces vendrá a buscarlo hoy.

—¿Quién?

—Alguien que bien conoces —repitió—. Te dirá una contraseña: Patria y Libertad.

Fermina exclamó, para sus adentros: «¡Coño, eso ya lo dijo alguien!». Y recordó a Josefina, y pensó hablarle al policía sobre las banderitas, aunque si lo hacía, dejaba por sentado que la señorona estuvo allí, con la dichosa contraseña. Él se levantó del sillón y solo dijo:

—Me voy.

Fermina lo miró de frente por segunda vez. Era un «me voy» distinto, de una lejanía más allá del pueblo y de lo que cabe en un deseo. No había músculos ni rincones en el rostro humano que Fermina no supiera descifrar, como quien deletrea un manuscrito. Hurgó en sus ojos, desmesuradamente abiertos para ella, hasta que descubrió, en el amanecer brumoso de la mirada, las verdaderas intenciones del cabo Saborí.

—Por fin lo supiste —dijo, achinando sus ojos videntes con la intención de reforzar la captación del oído dañado—. Y ahora te vas lejos, a subir lomas.

Saborí aguantó la respiración. La tiradora de cartas sabía más de la cuenta. Intuyó la siguiente pregunta que la maga se apuró en hacer:

—¿Lo mataste?

Brincó por dentro. Ahora solo faltaba que le dijera por qué. Y Fermina la largó a todo riesgo:

—¿En verdad Rafael se dedicaba a la chivatería y por eso lo mandaron a matar?

El cabo Saborí prefirió callar. No era posible establecer una conversación con un tema tan peligroso. Su respuesta fue una interrogación futurista, para responder estaba ella.

—¿Regresaré vivo? —preguntó con una sonrisa, delatadora de su contentura al resolver un enigma, obsesión que había costado desenredar, hilo por hilo, a la suma de diez años y tres días.

—Sí —dijo Fermina circunspecta.

Entonces, ella, profanadora del pensamiento, adivinadora de las pasiones ajenas, se percató fascinada que nunca antes había tenido la certeza del futuro tan a la vista, a solo dos pasos de un gran acierto. Y por eso, iluminada con arrogancia por dioses misteriosos, confirmó con exaltación.

—Regresarás, pero no de cabo, sino de coronel. Y no en este pueblo, sino en La Habana.

En aquel momento, ciertamente místico para ambos, Fermina, con la parsimonia encantadora de una reina en su trono, soltó sobre su cama el mazo y las cartas cayeron con el desgrane del desinterés. Una sola de ellas, de las veintidós con los arcanos mayores del tarot, quedó prisionera entre las pulseras de colores, las demás cayeron tapadas, menos la que se abrió al candil adivinador de sus ojos. Mostraba un hombre con corona sobre una carroza techada conducida por dos caballos: era el arcano VII.

—La Guerra —dijo Fermina.

El cabo metió su mano en el bolsillo de la camisa y sacó otro sobre que dejó sobre la mesita sin la anuencia de Pánfilo:

—Donativo por los favores secretos —dijo, y se retiró satisfecho.

Recobrado el aliento, Fermina sacó la carta atrapada en su muñeca de aros coloridos. Mostraba un hombre de cabeza, amarrado por un pie de un palo en forma de travesaño, cruzando el otro pie sobre la pierna formando el número cuatro.

—Traidor al Gobierno —dijo entre los dientes recubiertos de nicotina.

Alzó la cabeza y sintió miedo de que llegara la noche. Belén entró con su precipitada costumbre cuando oía palabras alarmantes de los clientes. Fue directa con Fermina.

—Una confesión de Rafael? —preguntó.

—Supongo —dijo Fermina displicente.

Belén se apresuró a levantar el maletín del suelo. Lo abrió y gritó con angustia:

—¡Por Dios santo! ¿Sabes lo que hay dentro?

—Me lo imagino…

—¡Armas, coño! ¿Cómo puedes quedarte tan tranquila? Esto es muy peligroso… ¡Por nuestros difuntos! ¡Entrega esta porquería a las autoridades!

—¿Estás loca? Nadie nos creería la historia, y, además, el asunto se ha complicado. Guarda esa cosa en el cuarto del *recontrabuelo*, ahí no buscarán si revisan la casa —dudó—. O mejor, entiérralo en el patio, o en donde te parezca.

Belén salió disparada con el maletín. Media hora después regresó al cuarto de Fermina y vio el sobre flotando aún, en las olas de la cama. Fermina lo miraba sin ponerle las manos encima y cuando la hermana quiso recogerlo, la detuvo con un gesto de protectora agresividad.

—No lo toques —le dijo, con el asombro reflejado en los ojos—. Está maldito.

A Belén la curiosidad le taponaba el oído. Con una uña embutida de tierra, por sus manipulaciones con las armas que enterró entre las margaritas y los jazmines del patio, hizo por rasgar el sobre. Fermina alzó su mano anillada de oro puro, la sacó del pelo como si lo hiciera de las aguas turbulentas a punto de tragársela completa.

Casi en el mismo instante de aquel intento de Belén por acometer el deslumbramiento del sobre, la puerta de la calle tembló por un terremoto de manos potentes. Belén dejó caer el sobre como si a los dedos le hubiera llegado un rugido de alfileres. El reloj tocó a degüello, al combate repetible de las cinco en punto, hora en que Belén despercudía el cuarto y a su ocupante, y ella misma se arreglaba de prisa frente a los difuntos de cristales cuarteados y acomodaba un ramito de albahaca en la oreja para espantar los demonios de las guasasas que a partir de esa hora asfixiante llegaban a convertirse en plaga.

***

88

El enano Figurín era el causante de todo, y también el salvador inconsciente del caos. Belén, restablecida en el mando y en su postura articulada, lo recibió con un huevo en la mano que guardaba en el travesaño de la ventana. Lo mostró con ganas de estrellárselo en la cara.

—Me dejaste el encargo para tu Blancanieves, y por poquito sale un pollito sin patas, como tú —le dijo con ironía provocativa.

—Deja que la gallina lo saque y crezca en el patio —dijo risueño el enano y recalcó—: Me lo mandas hecho un gallo, a ver si te gusta la sopa que yo hago ¡so bruja!

—Lo que te voy a mandar desde aquí arriba es un cocotazo, que vas a tener que caminar con la cintura, porque los ñonguitos de abajo no te van a servir. ¡So penco!

Ambos se echaron a reír con verdaderas ganas de buena vecindad. Eran claras muestras de que las fiestas estaban a flor de piel, a la vuelta de la esquina.

El enano entró con dificultad al subir el pequeño peldaño de la puerta. Caminaba tambaleándose como un pato y sus manos casi rozaban el suelo. Alguien dijo de él: «El tipo está tan cerca del piso que no camina, se arrastra» Unos le moteaban «cajón con patas»; otros, simplemente «enano». Pero quien mejor lo definió como hombre fue un médico radicado en el pueblo, oriundo de Santiago de Cuba, de ingenio singular, cuentista e historiador popular quien poseía una bien surtida cultura, dijo: «Lo único corto que tiene Figurín es la talla del pantalón».

—Madrina —dijo el enano—, muéstrame el camino, que la cosa está que arde. Mira la brujería que les dejaron a ustedes en la calle. Y lo de Ciprianolenso es un fenómeno raro… ¿No es verdad?

Fermina sintió un escalofrío nada común en sus tantos años descifrando mensajes y retorciendo el presente para acomodar el futuro. La sola mención del nombre hizo al sobre enigmático palpitar en su pecho, que se abultara como si tuviera vida e hiciera por sacar retoños espinosos, de palabras riesgosas. Zambulló su mano en el ajustador y reubicó el papel, descentrándolo de manera que una puñalada de letras no le partiera el corazón. Habló con aparente calma, tratando de olvidar las banderas clandestinas, las armas y el sobre.

—¿Tú también me vienes con ese tema?

—Bueno madrina, te digo que suceden cosas raras por acá —dijo el enano.

—¿Cómo qué?

—Coño, madrina, todo el barrio comenta. Dicen que Rafael no sale porque lo amenazaron los rebeldes, por chivato, y que Saborí le trae la comida, y que, si sale, se la pelan. ¿Qué hay de cierto?

—Nada —dijo Fermina tratando de parecer indiferente mientras barajaba el mazo.

Tocó sus pechos ardidos. No podría soportar por más tiempo aquello que parecían brazas de carbón incendiando su cuerpo adiposo. Usó un ardid.

—Ve y cierra las ventanas que dan al callejón —le ordenó al ahijado.

Figurín trató de tocar las ventanas que le quedaban por encima de sus posibilidades. Necesitaba algo que le permitiera elevarse medio metro del suelo. Arrastró la silla y finalmente logró juntar las dos hojas enormes. Al regresar, Fermina tenía cara de cumpleaños, con una boca estirada de banda a banda sin motivos aparentes. El sobre que apretujó en el baúl ruinoso de sus pechos, que no la dejaban respirar, ahora lo tenía Pánfilo bajo custodia.

El enano Figurín trepó en la silla como a un caballo de palo y las suelas de sus zapatos le dieron el frente al difunto Pánfilo, con la eterna sonrisa achinada, quien aplastaba con la cárcel ovalada de su cuerpo el sobre testimonial que Fermina le soltara para zafarse de aquella maldición escrita, lanzada, quizás, por uno de los Malasangre.

Aquella era la tercera vez que Figurín se tiraba las cartas con la madrina, y si metía marcha atrás en el tiempo, ejercicio evocativo casi imposible de lograr en él, recordaría todo lo improductivo de las anteriores visitas, las cuales fueron un derroche de prosperidad y bienestar sin que se cumplieran jamás. Recordaría, asimismo, el arcano con una rueda de la fortuna con un mono bajando y otro subiendo, indicativos de mejoras imprevistas en el hogar. Recordaría otra donde le auguraban una herencia por cobrar en el plazo de un año, y habían pasado quince, más otras suculentas novedades que lo dejaran ensimismado. Pero, falto de memoria, defecto secular de los mayariceros, retornaba una y otra vez en busca de un futuro sobresaliente.

—Aquí veo prosperidad —inició Fermina—. Hay dinero abundante, y muchas cosas buenas.

—Madrina...pregúntale por mi hijo, el que viene en camino.

—Si los demás te salieron saludables, este no saldrá huero —auguró la maga, sin consultar las cartas.

Detrás de las cortinas Belén dijo para sí: «Al único hombre en la Tierra que le falta un pedazo que no necesita es a ti, puñetero enano», y reventó en una carcajada que fue a desintegrarla en la cocina.

El enano oyó el estruendo de Belén y no le hizo caso. Quería saber más, aunque luego lo olvidara, como le sucedía con los sueños.

—Entonces, madrina, pregúntale: Si no aparece Ciprianolenso... ¿Todo asunto tratado con él queda cerrado? —dijo, con una cara llena de regocijo anticipado, deseoso de la mejor respuesta.

—¿Qué asunto? —se extrañó la maga.

—Uno, ahí —dijo el enano sin decir nada.

Fermina recordó que Ciprianolenso se dedicaba a prestar dinero con intereses, un prestamista abusivo, un desgraciado garrotero, dijo, y miró al sobre. Le pareció que Pánfilo inclinaba su torso porque el sobre se hinchaba debajo. Ella misma había caído en sus poderosos tentáculos usureros por culpa del finado, por eso, en una reacción natural le dijo al marido inanimado.

—Tú me hiciste caer en sus garras por tus vicios —Figurín miró al difunto, y los dos comprendieron las palabras rencorosas de la maga madrina.

—¿Entonces? —insinuó el enano.

Fermina barajó, sin ganas. Fue lanzando cartas sobre la sábana que cubría sus piernas, unas tras otra sin prestar atención o darles una valoración. En su universo de números agoreros e imágenes aciagas o provechosas, Ciprianolenso ocupaba todo, en anchura y profundidad. Creyó escuchar un ruido mortecino, pero constante, de polillas mordisqueando el sobre, como si las letras con significado terrible quisieran salir por alguna grieta. La maga Fermina apenas podía sostener una idea fija relacionada con la magia. En una carta se detuvo, el arcano XX, un ángel tocando la trompeta en el Juicio Final.

—Se lo merecía —dijo.

—¿Qué cosa? —balbuceó el enano, atento al ambiente irreal que iba agrandándose entre ellos.

La maga estiró su mano para alcanzar la cajita de mentol. Se untó la pasta cargante en la nariz y las sienes. En el cuarto se revolvieron los olores batallando por la supremacía del espacio, pero el subido tono del mentol opacó a los competidores. Figurín estornudó dos veces seguidas y creyó se le salía todo lo blando que llevaba por dentro.

—Salud —dijo la madrina cartomántica. Sujetó el brazo de Figurín y abrió el libro áspero de su mano, miró los ríos profundos y terrosos que le surcaban en una M perfecta. Su voz sibilítica salió inmensa, de madre que amamanta un crío.

—Escúchame bien, ahijado. Ni tu deuda ni la de nadie, que al parecer son todos en la cuadra, quedan en pie, aunque aparezca el prestamista cualquier día de estos. Claro, si eso fuera posible —miró el sobre—. Han pasado muchos años, y los que se avecinan romperán cualquier atadura. Vendrán tiempos distintos para todos nosotros. Serán tiempos de fuegos, quemadores de lo malo, pero también de lo bueno. Nada viviente queda en el bosque ardido, excepto las semillas de nuevas plantas. La deuda que traspasó tu difunto padre a los hijos, a ti especialmente, no vale ya ni podrá valer en lo adelante. Tú quedas libre, lo dice esta mano tuya y las cartas.

—¡Qué rico! —gritó eufórico el enano—. ¡Entonces, da lo mismo que viva o que muera! ¿No es eso?

—Sí, más o menos —volvió a mirar el sobre, como disculpándose—. Pero te enseña a ser cuidadoso con el dinero, no repitas la historia de mi compadre difunto. ¿Estamos?

—Lo prometo —dijo el enano.

Fermina lo bendijo con un gesto bondadoso de madrina, y cuando quiso poner la cajita de mentol sobre la mesita tumbó el cuadro del difunto. Al caer, la sonrisa de Pánfilo, al menos eso le pareció a Fermina, se volvió ademán pavoroso de quien deja su encargo a la suerte, expuesto al peligro de ojos extraños.

El sobre apareció solo y desamparado encima de la mesita, tal parecía que quisiera mostrarse entero, como si pudiera hablar, balbucir sus verdades ocultas, y el olor que despedía de sí, de albarda sudada, superó al mentol regado en la atmósfera del cuarto encantado. Fermina, en su larga vida de cartomántica, por vez primera no atinó a decir una palabra ni a mover sus ojos brujos. Creyó oír nuevamente el ruido de polillas dentro del sobre, como de espíritus malignos que despiertan de un largo sueño.

El enano recogió el cuadro del suelo, con Pánfilo lanzándole una risita conmovedora de agradecimiento a través del cristal. Se fijó en el sobre, a pesar de que se comportaba muchas veces como un desinteresado empedernido.

—¿Y esto? —preguntó, mientras sentía que sus ojos ardían.

Fermina y el difunto permanecieron en la misma postura hasta que estalló el enano en su desconcierto.

—¡Coño! —exclamó estrujándose los ojos—, ¡se parece a la letra de Cipriano!

—Mira, ahijado. No puedo darte explicación, pero te sugiero que olvides el sobre, no es bueno para ti… ¿Me comprendes?

El enano sonrió como si le dolieran las comisuras de los labios

—Otra cosa. Quiero que te lleves este paquetico y lo escondas bien, donde ni siquiera tú puedas recordarlo.

—¿Qué cosa es? —preguntó el enano con la vista encapotada aún.

—No te importa. Es un bilongo, una cosa mala, quien lo abra se buscará problemas serios con el gobierno. Al desgraciado que lo agarren con eso le sacarán las uñas.

—¡Coño! —exclamó y seguido un «hasta luego», que no pudo elevarse por encima de la cama y salió apartando puerta y cortina como un perrito que no se le puede ver el final del rabo. Al cierre de las cortinas, Fermina miró a Pánfilo con un intento de disculpa:

—Tú lo puedes guardar sin que te haga daño, solo tú, mi chino lindo.

Pánfilo achinó aún más su cara; ambos se miraron con alivio y pudieron continuar con aquella rutina de calabozo.

***

Eran pasadas las cinco de la tarde cuando a los gritos de: «Un muerto, un muerto», que alguien vociferó en carrera desesperada por toda la calle, y que se multiplicó enseguida en nuevas gargantas, congeló a los vendedores de caretas, pelotas, matracas y montones de baratijas carnavalescas, e hizo levantar las cabezas curiosas y alertas de todo ser viviente de la cuadra. Aquellas jóvenes que cortaban banderitas y empapelaban los últimos tramos del techo voladizo, alarmaron a los demás con gritos defensivos, mientras que los infantes desaparecían y dejaban abandonadas las bolas, las suizas, los trompos y sus ganas lúdicas. Los hombres se apertrecharon con valor para combatir una invasión de miedos; y las amas de casa, embatadas, desgreñadas, con las manos salpicando el mojo de sus trajines culinarios, salieron al encuentro de la noticia.

—¿Un qué? —preguntó Belén cuando logró despabilarse el pánico.

—Un *ñampio* —dijo Mingo el zapatero, y lo secundó enseguida un tumulto de vecinos en chancletas, mal cubiertos o vestidos para echarse a la cama.

—Encontraron patitieso al hermano de Ciprianolenso —dijeron.

—¡En casa de Ciprianolenso! —exclamó Belén y se alborotó— ¡Jesús, María y José! —evocó al cielo, y con un ademán aéreo, hincándose los clavos, construyó con su mano carpintera una cruz inmaterial, sin Cristo, tres veces seguidas entre la frente ancha y su pecho remachado.

—¿Qué dicen? —preguntó Fermina desde el interior del cuarto.

—¡Dios nos salve! —gritó Belén al entrar—. Mataron a Rafael Malasangre.

—Vas, vas —dijo Fermina con tranquilidad pasmosa, frase que era habitual en su difunto compadre Sebastián—, ese ya estaba muerto de antes.

Sin embargo, cuando Fermina escuchó a Belén, apretó con su mano anillada el sobre que abandonara el cabo, sin rasgar aún, quizás escrito de puño y letra por Rafael Malasangre, en donde con seguridad explicaba el paradero de su hermano o la determinación de acabar con su miserable vida. Una vez que Belén enfiló rumbo a su cuarto, para dedicarle varios rezos a cada uno de los santos protectores, retornó el sobre bajo el retrato de Pánfilo, y le advirtió tajante:

—Cuídalo, que nadie lo abra. Cuídalo con tu propia vida.

—¿*Por qué?* —preguntó el difunto dentro de la cabeza de su viuda.

—Porque de él saldrán todas las cosas malas que hay en el mundo —contestó Fermina.

El difunto la miraba con la terquedad de su semblante alborozado, aceptando el encargo por obligación.

La noticia se iba inflando mientras recorría los cortos metros de cueva empapelada con pequeños cielos triangulares. A los quince minutos ya eran dos muertos, alguien había logrado ver al asesino; y Rafael, en realidad, no estaba muerto sino dormido sobre la silla, la casa la habían saqueado, y la Policía buscaba al culpable por el barrio y por otros etcéteras turbios y pomposos.

La verdad resultó inverosímil y lo fantasioso, creíble. Rafael era un cadáver fantasmagórico difícil de clasificar. Colgaba quieto (parecido al cansancio) de su pescuezo descarnado. Colgaba como un montaje absurdo, tremendamente innatural, o como la réplica exacta de un trapo sucio que pende del cordel. Pero, aún más sorpresas dejaría Rafael a sus desconcertados vecinos, para constatar la manía de desaparecer de la vida por largo tiempo y luego aparecer en una nube ilusionista, tal como su hermano Ciprianolenso volvería de las Tinieblas un día inesperado. Su cuerpo se conservaba como un cartón moldeado, pero en cuanto lo descuartizaron en la morgue —hecho un amasijo de trapos, lo que antes fuera un hombre vestido de blanco— y lograron levantarle la cáscara de su piel, cortaron sus huesos, y las vísceras consumidas aparecieron, hubo constancia de que había sido humano. Entonces, los especialistas supieron que el cuerpo desahumado de Rafael Malasangre, parecido al cadáver de un lagarto reseco, llevaba balanceándose en la cuerda que lo cerró por el cuello, por lo menos, como dejara escrito el forense en el acta: «De seis meses a un año antes del presente»

Durante la espantosa escena de hurgar en el cadáver de Rafael, el forense insistía en que fueran en busca del cabo Saborí, amigo del finado y la autoridad competente en el caso. Toda gestión de dar con su paradero fue desastrosa. Los dos policías bajo su mando perdieron el tiempo, el ánimo y la paciencia. Por tal motivo denunciaron su ausencia sospechosa al comandante. Habían desaparecido algunas armas de la Estación de Policía.

Un jeep con cuatro soldados y un sargento al mando llegó hasta la puerta del cementerio, desde allí caminaron hasta la morgue, al final de la calle principal, y anunciaron oficialmente a los boquiabiertos curiosos que la desaparición del cabo sería objeto de investigación por parte del comandante del ejército refugiado en el cuartel.

Luego se filtró la noticia: El cabo de la Policía Municipal, José Ignacio Saborí Laborde, ese mismo día había cogido el monte.

«Huyó a la manigua, seguramente para escapar de la justicia porque fue quien lo mató», dijeron unos vecinos. «Desertó para juntarse con los alzados *maumaus*, a pelear esta guerra civil contra sus propios compañeros de armas», dijeron otros.

***

El sol utilizó la línea imaginaria de la continuidad de la calle arropada de azul, hacia el poniente, buscando el campo de pelota, pasando primero por otra calle angosta de nombre evocador: Callejón del Queso, y atravesar otra simpática: Barrio de la Cutara, para escapar y meterse detrás de la loma del Choncholí. La loma se elevaba con suavidad sobre el valle mayaricero y albergaba en su penacho arbolado cientos de pájaros prietos que los lugareños llaman choncholíes. La loma, partida al medio por la carretera, como las dos gibas de un camello, era entrada y salida obligatoria de cualquiera que visitara el pueblo por tierra, o de sus propios habitadores si lo abandonaban. Exactamente a las 7:40 PM. se producían los atardeceres, una agonía de luces que hacía nacer colores armonizadores allende el horizonte, los cuales sugerían, al romanticismo visual, una total entrega contemplativa. Pero aún eran las 5:30 de la tarde.

—Arde la caña —dijo Belén asomada al ventanal—. Hay candela brava quemando la caña detrás de la loma.

—¿Qué dices? —preguntó Fermina, en un sobresalto que parecía no tener fin.

—Digo que arde la caña de los americanos de la *Yunai*. Se ha puesto el cielo rojizo por vuelta del Choncholí.

—No, mujer, no. Son los colores que pinta el sol mientras patalea la muerte —dijo Fermina.

—Es temprano para morirse. Le metieron candela a la caña de los americanos.

—Es el atardecer.

—Sin embargo, hace calor —dijo Belén renunciando a permanecer en la ventana.

Se sentó junto a su hermana y le abanicó la cara vellosa con un pedazo de cartón. Sus labios se movían diciendo algo inaudible.

—¿Qué hablas? —preguntó Fermina.

—Nada.

—Te atragantas si no desembuchas.

—Ojalá.

—*Ahorita va llover… ahorita va llover* —entonó Fermina frotándose los brazos mientras repetía el estribillo de la famosa canción de Pototo y Filomeno.

Había notado la proximidad de las lluvias apenas sintió las ratas de la artritis royendo el queso de sus huesos.

—Este año llega puntual, no falla. Carnavales, lluvias: *carnalluvias* —dijo Belén.

Fermina se frotó las manos y traqueó los dedos. Sabía que su hermana estaba allí para contarle alguna cosa. Esperó paciente, haciéndose la mosquita muerta.

—Tengo que contarte algo —dijo al fin Belén.

—Cuenta, mujer.

—Ayer he visto un hombre que no parecía de la familia.

—¿Dónde? ¿En la bodega de Perejil?

—Entre los muertos que me persiguen por toda la casa.

—¡Caramba! ¿Te persiguen los muertos?

—Los he contado, son nueve. Venía él muy orondo como si a los otros no les importara.

Fermina quiso reír y alegrarse de la novedad que no lo era tanto porque ella sospechaba de sus poderes, pero prefirió dar otra vuelta porque presintió que los espíritus malignos de la carta de Rafael comenzaban a dar muestras de su inmenso poder para causar daños.

—Entre ellos no se ven —dijo—, por eso pueden andar juntos ¿Cómo era?

—Narizón, las barbas como dos tarros de buey, alto y macizo. Me tocaba por detrás y me hacía señas para que lo siguiera al cuarto en clausura.

—¿Para el cuarto de los tarecos?

Fermina mantuvo una pose de estatua, por unos segundos, hasta recuperar el ánimo, entonces continuó:

—Era el cuarto del *recontraabuelo* —dijo—. Si es él, no cuenta para nada.

—¿Era el *recontrabuelo*?

—No creo, no tiene su pinta, pero en esta casa puede ocurrir de todo.

Cuando lo dijo, miró a Belén, como si tan solo su presencia fuera suficiente para reafirmar la sentencia.

—¿Y no sería un pariente de los Malasangre, desde los principios del mundo?

—Puede ser.

Belén se erizó completa y pasó sus manos de alambres por los brazos, como quitándose el embrujo. Fermina, por su parte, sintió el ruido del sobre, carcomiendo. Sonrió y dijo:

—En ese caso debes mantenerte alerta, si te persigue será para violarte.

Belén se quedó pensativa, miró a su hermana con ganas de descubrir una burla innecesaria o una verdad a la cual temía. Fermina continuó con sus pareceres como si leyera los arcanos mayores. Entonces, largó su predicción:

—Puede ser que tengamos un pariente tan lejano que olvidó el rumbo familiar, que dicen está grabado en piedra de granito en el cielo y allí no encontró ningún gajo de la genealogía y viene dando tumbos desde el pasado, averiguando si nosotras somos su parentela.

—¿Por qué haría tal cosa?

—No lo sé. Abuela Presentación me contaba que el bisabuelo Teodoro Onofrio, marino en la escuadra española que peleó contra el almirante Nelson en Trafalgar, se quejaba de que no tenía testículos…

—Chiclano…—dijo Belén— ¿Era chiclano? Los chiclanos sí pueden tener hijos.

—Sin bolas —rugió Fermina y supo que había pisado terreno pantanoso.

—¿Cómo pudo tener una familia que llegara hasta nosotras?

—No lo sé.

—Tú sabes algo que no quieres decirme.

—¿Cuántos te persiguen?

—Son nueve —reflexionó Belén—. Diez con el nuevo.

—Y eso me resulta curioso, solo tenemos siete difuntos en toda la casa. ¿Quiénes faltaron por retratar?

—Nuestros dos hermanos putos.

—Ni los menciones. Madre tenía prohibido hablar de ellos.

—Pues ahí andan juntos como si tal cosa.

—Ya te dije que no se ven entre ellos.

—¿Cómo lo sabes?

—Lo sé, porque lo sé.

—No me cambies el tema. Tú sabes algo que yo ignoro, de nuestra familia, de los Malasangre, del sobre ese que no me deja dormir.

—Mejor no te enteres —manoteó Fermina para terminar porque escuchó otra vez cómo dentro del sobre se movían fuerzas extraordinarias.

—¿Cómo sabes que entre ellos no se ven? —retornó Belén a lo mismo, buscando una respuesta que tuviera lógica.

—Si andas dudando ¿Por qué no les preguntas? —concluyó Fermina.

Belén se puso de pie. Cuando su hermana adoptaba esa postura era signo inequívoco de ponerse descortés con ella, como para quitársela de encima. Así, con el enojo de una mano que partió el aire en dos, dijo:

—Mejor lo dejamos ahí.

Se marchó con dirección a su cuarto y tras ella la mirada tierna de Fermina.

El sobre maldito y el mensajero inesperado

Al comenzar el lento languidecer del día, mientras nubes plomizas oscurecían el cielo, a lo lejos se escuchaban los tambores de la conga santiaguera, sonando los cueros. Los preparativos de la conga eran un evento digno de presenciar. Desde Santiago de Cuba habían llegado unos negros fornidos, de ropaje peculiar, con pañuelos a la cabeza y trapos a la cintura, ambos rojos, y el fuego prendido en fogatas para estirar los cueros de sus tambores para que sonaran distinto de los tradicionales. El trompetista chillaba su fino instrumento: la trompeta china. Sonaba el hierro de las campanas y los bailadores ensayaban los pasillos, para, llegada la hora, arrollar por las calles del pueblo, donde una multitud los seguiría cantando estribillos populares.

También, en ese momento, entró en la casa donde se destapaban los acertijos, la casa de Fermina la maga, el cura del pueblo: Gerónimo Peruffo. Llegó hasta allí sin que le descubrieran los vecinos, ocupados en el aseo y en la preparación del condumio diario. Llegó bajo la sombra de banderitas azules y la luz moribunda, de tal manera pasó inadvertido. El cura era italiano, llevaba tantos años en Mayarí atendiendo a su feligresía, compuesta por unas pocas beatas y otros escasos creyentes —porque la mayoría de los mayariceros eran católicos, pero no eran *miseros*— que aseguraban: «él había sido el colocador de la primera piedra antes de construirse el templo católico en 1858». Eso sí, aunque adusto, siempre alentando a hacer el bien, corrigiendo entuertos, enfurecido; perdonando pecados con extensos avemarías y padrenuestros; regando la fe en el templo en una lengua muerta, desentendida de la realidad, que los creyentes asumían como la lengua que hablaran Cristo y sus seguidores, antes de nuestra era.

Gerónimo Peruffo, hombre alargado, metido en oscura sotana encubridora que lo hacía parecer una pintura caminante de *El Greco*, cuando llegó al pueblo, desde Madrid, era retraído —pronto provocaría que Inteligencia Militar, durante la Segunda Guerra Mundial, revisara su correspondencia, pues sospechaban fuera un espía fascista—. Con frialdad habitual, en la entrada de la casa pecadora, trazó una cruz en el aire con sus largos dedos beatificados. Entró, y ese acto inconcebible, fue registrado en el repertorio memorioso de los vecinos como: «El encuentro de un pastor de la luz con una sacristana de las tinieblas».

Fermina lo recibía con respeto y cortesía cada comienzo de los festejos patronales. De manera que aquella no era la primera vez, aunque sí la única que fue visto el cura escurridizo, por los atentos y maliciosos vecinos, mientras se colaba en la casa de las adivinaciones. El cura, en sus visitas anteriores, había conseguido, de la manera más sorprendente, camuflarse en las tinieblas de la noche y la ignorancia, para que ningún feligrés lo viera en aquella operación encubierta anticristiana, aunque jamás lograría evitar, por más que le rogara al Santísimo, las mentiras envilecedoras a su moral. Se decía, en apagadas voces sacrílegas, que tenía un hijo con una mujer de un cercano caserío, a orillas de una playa encantada.

—Seguramente son habladurías —declaraba un parroquiano con cierta crueldad irónica—, porque, aunque se le parezca tanto, que solo le falte la sotana y dar la misa en latín, no le da razón ni derecho a nadie para endilgarle la paternidad.

Aparte del parecido físico, y de que la supuesta concubina era quien lavaba sus indumentarias sacerdotales y los calzones, y le cocinara en su humilde casa de la playa, nadie podía dar fe de aquellas acusaciones irreverentes y satánicas, pervertidas voces del mundo ateo. Solo Dios en el cielo redentor, y por supuesto, Fermina en la tierra transgresora, sabían la disimulada verdad, y ambos callaban.

Por supuesto que el cura Gerónimo Peruffo no visitaba a Fermina para tirarse las cartas, nada podría resultar tan descabellado. Su presencia en la casa pecadora llevaba la altísima encomienda de, entre otras cosas, invitar a las hermanas a que abandonasen el oscurantismo de la adivinación y retornaran, como buenas cristianas que fueron alguna vez, a la iglesia. Todos los años intentaba lo mismo, como una promesa que le debía a la Virgen de la Caridad de

Nipe. Por otra parte, conseguiría con ellas, que se incorporaran a un grupo selecto, dadivoso, de viejas beatas que le aseguraban a él la alimentación diaria, pues se turnaban entre ellas los mejores platos de la gastronomía oriental.

«Para el cura, lo mejor», decían. «Que Dios os lo premiará en el cielo», remataba en buen castellano el religioso asotanado.

No acababa aún de pasar al interior de la sala cuando tronaron los tambores del firmamento. Los relámpagos hacían subir los hombros como si pretendieran soportar con el gesto el impacto demoledor de un rayo tremendo. En solo segundos las nubes fecundas rompieron la fuente, bienhechora, casi a propósito, sobre el techo azul de la pequeña calle.

Las aguas a caudales, anunciadora de buenas nuevas, recogieron los vecinos en cubos y tanques. Eran las lluvias de mayo tanto tiempo esperadas, refrescantes y medicinales.

—Gracias a Dios —dijo Belén y cantó—: *Que llueva, que llueva, la virgen de la cueva.*

El cura desdobló su cara siempre desértica, en alegre semblante, aunque la sotana, esa cortina prolongada de color impreciso, le otorgara el aspecto maligno de la Santa Inquisición. Creyó el momento oportuno para sermonear y convencer.

—Me alegra que menciones a nuestro Dios, Belén —dijo el cura—. Espero que abandonen algún día sus intenciones de mostrar el porvenir donde solo el Supremo tiene dominio. Espero así mismo que su aporte a la iglesia me llegue a tiempo este año.

—Hablaré con Mary Cardet —contestó Belén—, y con ella nos pondremos de acuerdo mi hermana y yo para mandarle comida.

—No solo eso, hija. Deben respetar la voluntad de Dios y asistir a su santa casa —dijo el sacerdote.

En el cuarto de las adivinaciones se movieron los objetos. Apareció Fermina en el vano de la puerta, supuestamente elegante, con medio ropero encima, cartera en mano, velo negro y abanico, con el aroma vivo del alcanfor. Nadie la igualaba en aparecer como una estrella del cine de las tinieblas, aunque vestía fuera de ocasión y sin combinar colores ni atender la hora o tener alguna contemplación, siquiera pueril, con la época.

—Aquí me tienen —dijo como si asistiera al ensayo de una futura función teatral.

—Le decía a Belén ...—el religioso carraspeó—, que te debes apartar de todo lo satánico y asistir al templo.

—Padre —cortó Fermina, porque en eso de cambiar de tema era una maestra—, ¿qué se sabe de la muerte de Rafael?

—Él era un pecador, ateo y sinvergüenza —aleteó el cura, como una paloma que intenta volar, pero la maga se lo impidió cargándole una cesta llena de preguntas aplomadas.

—¿Qué dicen los guardias sobre el cabo Saborí?

—Lo desconozco. Pero es muy raro que se mantenga un año con entradas y salidas de la casa y nunca viera a don Rafael vivo o muerto.

—¿De verdad se alzó? ¿Usted le daría la bendición a los que intentasen coger el monte?

La lengua del prelado quiso decir algo cuerdo, entendible, pero no despegó los labios. De repente sintió una tirantez entre la palabra y la realidad. ¿Fermina le recordaba sucesos del pasado que no deseaba escuchar?

—¿Cuál es su opinión sobre el Gobierno? —lo sorprendió Fermina.

Pretendía el estirado hombre de Dios resolver algunos de sus asuntos en casa de la tiradora de cartas, pero resultaba en vano. Fermina lo llevaba al matadero.

—¿Recuerda lo del desembarco del Corinthia? Eran un montón, pero dieciséis de ellos se entregaron al ejército. Y los fusilaron a todos…, menos a uno. Usted sabe, ¿verdad?

Hasta el cura se sorprendió de que Fermina supiera los detalles. Y ella lo estaba cazando y disparó otro dardo:

—Hubo un sobreviviente. Cuando empezó el fusilamiento, casi de noche, él cayó debajo y salvó la vida porque se quedó quieto. Dicen que escapó y vino a dar a Mayarí. Al amanecer, los guardias contaron: 1, 2, 3… 15… ¿Coño, falta uno! El número dieciséis faltaba. Eso me contó el maestro Mario Vaillant, y también que se salvó uno y pudo llegar al pueblo y no tenía a quién acudir por ayuda, hasta que lo denunció alguien cuando fue a pasar un telegrama en el correo, y mientras esperaba la respuesta, sentado en el parque Martí, lo cogieron los guardias y lo desaparecieron.

El cura seguía mudo, con ganas de alzar la sotana y volar, escapar de aquella lengua sabedora y cortante. Fermina le mandó la última andanada:

—¿Es cierto, padre, que fue a ver al cura sustituto, a Rolando, y él se negó a darle refugio?

Determinado a no responder, aun metiéndose en problemas con ella y con su Dios, oyó unos golpes violentos en la puerta dados como con un hierro o algo parecido. El cura sintió alivio, podía guardarse lo que sabía y no deseaba comentar.

Belén abrió la puerta y quedó rígida, con la mudez del espanto. Quince soldados con dos tenientes y su comandante al frente, organizados como fichas de ajedrez, planeando un asalto a la torre desguarnecida, se distribuían fuera y dentro del corredor, bajo una lluvia suave pero implacable.

—¿Fermina? —preguntó el comandante.

—Belén —temblaba su voz — ¿Qué desean los señores?

El comandante entró empujando con suavidad a Belén, sin gestionar un permiso. Entró solo. Saludó al estilo militar, y sin ofrecer explicaciones comenzó un interrogatorio desordenado.

—Señora Belén… ¿Quién es Fermina?

Belén tiritaba como si sufriera de fiebres repentinas. Supuso que era el fin. Estaban enredadas al ocultar un alijo de armas, un papel donde se explicaba un homicidio y propaganda enemiga.

—Yo —contestó la maga— ¿Viene a buscarme?

—Yo soy quien pregunta. ¿Recibió aquí al cabo Saborí? ¿Le dijo algo del muerto? ¿Tiene usted idea del lío en que se metió?

—Hable más alto —voceó Belén cerca del comandante.

Este se metió un dedo en el oído como si un bicho le hiciera cosquillas. Belén entendió el gesto. Explicó con una sola palabra, dándose golpecitos en la oreja.

—Sorda —dijo.

—Pero yo no —dijo el comandante—. A ver, a ver —y se acercó irrespetuoso a Fermina para gritarle—: ¿Usted me oye?

—Hable bajito —dijo Fermina con pachorra de maga. El comandante se asombró. Fermina colocó un dedo regordete en su boca cambiante, que podía ser vipérea o salutífera, y aclaró—. Usted me mira de frente cuando me hable y yo lo entiendo.

—¡Ah, vaya! —exclamó el comandante.

Con las manos encrespadas, montó por sobre su ombligo el grueso cinturón del uniforme, donde sobresalía una 45 de cachas anacaradas. Evidentemente era un alarde de fuerza, de intimidación. Enseguida acercó su cara a la de Fermina y la miró de frente. Olió el rancio vaho de la vejez y la ropa adobada en alcanfor y años de abandono. Repitió al pie de la letra, como un discurso aprendido.

—¿Recibió aquí al cabo Saborí? ¿Le dijo algo del muerto? ¿Tiene usted idea del lío en que se metió?

—¿En qué lío se metió el cabo? —preguntó Fermina. Mostrando una cara más que de asombro, de burla. Y de repente pensó en el sobre. El sobre contenedor de unas letras del muerto, era, según las actuaciones del militar jefe del escuadrón refugiado en el cuartel, un papel peligroso en sus manos.

—Usted —dijo el comandante, acercándose más y encañonando a Fermina con un dedo amenazante—, usted está en tremendo lío.

El cura se metió de cuña entre las intenciones del comandante y la aparentemente indefensa mujer.

—Señor comandante Milán, por el amor de Dios. ¿No cree usted que exagera un poco?

—Padre, no se meta, este asunto no es de la Iglesia. El cabo estuvo aquí. ¿Ustedes piensan que yo soy bobo, o qué?

Sin que nadie imaginara los verdaderos propósitos, excepto Fermina, ni a lo que se atrevería el jefe del ejército, este fue hacia la puerta, se paró como el Coloso de Rodas en el umbral y ordenó a los soldados.

—¡Deténganla!

Tres de sus hombres apertrechados para la guerra, con un teniente agresivo, entraron y sujetaron a Fermina. Belén rompió en sollozos, y comprendió por qué Fermina vestía aquellos atuendos. El cura no atinaba a nada, ni a rezar un padrenuestro. Fermina, no obstante, sonrió, habló con ecuanimidad, parecía segura de sí, aunque por dentro temblaba y solo las

115

figuras del maletín con las armas, las banderitas y el sobre, le venía a la mente.

—Déjeme vestirme con ropa adecuada —pidió al militar.

—Adelante —autorizó el comandante señalando el cuarto con un movimiento de la cabeza acorazada, y aclaró—. ¡Ah, y traiga las barajas, ellas también van detenidas!

Fermina entró en el cuarto sombrío y fue directamente al sobre que custodiaba Pánfilo.

—No puedo dejártelo —le susurró—. Si te agarran con este sobre te pueden hacer daño. No te preocupes por mí, estaré bien. Ahorita hablamos.

El difunto contestó con su mudez, como siempre, desde que la fatalidad le impuso aquel empleo.

Justo en aquella calle, mientras remitía la tormenta, lloviznaba más que en todo el pueblo. Los vecinos, tumultuosos, en espera de noticias frescas sobre Fermina y Belén, se acercaban con sombrillas, periódicos, cartones y toallas, protegiéndose de las salpicaduras de cientos de banderines, y las escurriduras de los techos.

Diligente, Fermina ocultó el papel por segunda vez, en sus pechos enormes y apenados, y pensó: «Va y me lo sacan de aquí los muy puñeteros». Entonces, decidió guardarlo en un lugar menos visible y más inaccesible. Se subió el vestido y el refajo hasta la cintura, y metió el sobre a tientas, dentro de su ropa interior — similar al pantalón corto que usara Pánfilo para dormir—, junto al misterioso cofre pelón sin trajinar desde que él decidiera ahogarse en alcohol. Miró al difunto y le comentó:

—Ahí, nada más anduviste tú, mi chino.

El retrato contentó su cara. La boca parecía romper el cristal para enseñar la lengua. Al menos para Fermina, eso fue lo que quiso ver, su desnaturalizada reacción con boca de pato.

Apenas quedó el sobre enjaulado, Fermina sintió el fuego de la confesión quemándole por dentro. Alguna fuerza desconocida la empujaba a mantenerlo con ella mientras otras influencias, la de los difuntos encerrados en cuadros colgados en las paredes, le inducían el terror de ocultarlo, de mantenerlo en la casa. Los muertos pendían en todas partes, eran los únicos cristales que, como espejos, según incidiera la luz, reflejaban la imagen de quien observaba, una imagen cuarteada, porque desde hacía mucho tiempo permanecían rotos. Fermina los evitaba, le parecía como si ella se metiera dentro, para colgar como una difunta más. Pero el sobre era algo superior a todos los malos pensamientos del mundo, y ella sabía que en su interior existían seres malévolos capaces de infringir daño.

No había sacado totalmente su cuerpo del cuarto cuando Fermina oyó la voz firme del comandante con una frase terrible, que la hizo sentir miedo por primera vez en su larga vida.

—¡Regístrenla! —ordenó furioso—. Vean si trae las cartas —acto seguido amplió la orden—. ¡Registren la casa, a esta señora Belén, al cura, a todo el barrio, a la madre que me parió!

En la calle no quedó nadie, excepto los soldados entripados bajo una suave llovizna, monótona, que iba remojando los techos, las banderitas, el suelo, con una persistencia acuosa de diluvio. Aunque también iba mojando las ansias festivas pueblerinas, a punto de ahogarlas en el desaliento, y de fondo, la grotesca maravilla de cientos de ranas macho, cantores de la tarde.

***

El sobre que Fermina ocultaba, transgrediendo la ley, le resultaba más riesgoso y aterrador que las fuerzas militares que la presionaban para que los acompañara al cuartel y ella conocía las razones. Aunque las armas ocultas, aquellas guardadas por Belén, resultarían la peor acusación que caería sobre ambas como una exhalación, una brujería de Chumba, una pena de sus ancestros o, casi no deseaba pensarlo: «la maldición del sobre de los Malasangre». Ahora el sobre ocupaba un sitio nuevo, de allí saldría coleteando olores insospechados que se le pegarían al viejo papel irremediablemente. Ella quedó tiesa cuando escuchó la orden mortífera, como balas trazadoras, del registro corporal. El sobre le quemaba sus entrañas desamparadas. «Ahí no buscarán» se dijo aturdida por la zozobra. Y, en un chispazo de sensatez, se le ocurrió una idea peregrina.

—¿Quiere las cartas viejas o las nuevas? —preguntó al comandante, quien iba a empezar a caminar hacia el cuarto contiguo, el del *recontrabuelo*.

—¿Cuáles usa a diario? —dijo el comandante, y Fermina supo que se había salvado del desastre.

—Entonces les traigo las viejas —dijo, y entró a buscarlas.

El comandante se detuvo, giró su cuerpo y metió la contraorden.

—Es suficiente. Ya nos vamos.

El sobre ahogado en la intimidad calamitosa, dejó de molestar a Fermina. Al menos eso fue lo que sintió con notable satisfacción.

El uso de la violencia contra la maga removió influencias ocultas que resultaron en su beneficio. Apenas la montaron en un Jeep del ejército, por aquella orden desdichada del comandante, voló por el incoloro pero velocísimo aire un grito de socorro, que emitió no se sabe quién, y que aterrizó enseguida en casa del alcalde. La respuesta no se hizo esperar. Antes de que llegaran al cuartel, distante un kilómetro del parquecito Tamayo, el mismísimo alcalde con su esposa detuvieron a los militares. No hizo falta una larga entrevista entre los dos jefes. Hubo un acuerdo entre ellos que Fermina creyó a su favor. Pero algo la atormentaba y le daba inseguridad —el sobre sin abrir— contenedor de Dios sabe qué palabras comprometedoras, aunque innecesarias para ella, como para el cabo fueron sobrantes. ¿Por qué no botaba aquel molestoso papel por el camino al cuartel, o cuando llegaran al destino? Algo se lo impedía, como una fuerza ancestral y perniciosa que bullía dentro. ¿Serían los espíritus del mal?

La posta del cuartel del ejército constitucional Francisco Echeverría —fabricado en la parte sur del pueblo—, se cuadró cuando vieron pasar el Jeep del comandante. Una vez dentro, Fermina fue conducida a una habitación insana. Casi toda la pared estaba escrita con nombres, advertencias, malas palabras, fechas, hasta pésimos dibujos de quienes una vez estuvieron detenidos allí. Esperaba lo peor. Era la cárcel, no tan aislada. Sus rejas daban al patio interior del cuartel, un espacio cuadrado donde cabría un regimiento completo en formación matutina. Unos minutos después recibía la visita del sargento político, acompañado de una señora con cara de cocinera.

—¿Oculta algo en su cuerpo? —preguntó el sargento.

—No.

—En ese caso la vamos a cachear.

—Dije que no.

—Por eso.

Fermina sintió por segunda vez en su vida adulta, las tenazas del terror, el desgano de la impotencia, el tambaleo de su fe. En momentos como ese, sería mejor ceder, pero ella mantuvo la confianza remota de que no cumplirían con las amenazas; el alcalde pronto llegaría, ella sospechaba que había un acuerdo.

—Desnúdala —dijo el sargento a la mujer con cara de cocinera.

Fermina no se negó. Estaba perdida. El sobre lo encontraron apenas sin encuerarla por completo, como si el desdichado papel quisiera mostrarse con arrogancia, insinuando un poder sobrenatural por encima de los dictados del hombre. La mujer con olores al ajo y la cebolla, apenas lo tuvo en sus manos, lo tiró al piso con el ardor de un picotazo de alacrán. Sentía dolores agudísimos en sus dedos. Sospechó de un veneno que mataría por contacto.

Recogieron el sobre con la escoba, con la seguridad de que contenía algún veneno o bicho maligno, y lo echaron en el cesto de basura que llevarían al comandante, y mantenían la inquietud agudísima de quien desactiva una bomba. Desde ese momento Fermina no supo de él, pero sintió alivio en sus huesos.

Todo el tiempo lo pasó con los ojos abiertos. Apenas escuchaba los metálicos resuellos de las armas, las botas chocando entre sí, disparos a la distancia en el monte, del otro lado del río, el olor a pólvora. No espantaba los mosquitos rondándole el cuerpo ni las invocaciones de la muerte que le llegaban desde el sótano del recuerdo. Escuchó el lamento articulado de una tortura al filo de la tarde, antes de que el toque de un cornetín estridente la convenciera de que estaba viva, que vería un nuevo amanecer.

A las seis y media se apareció el comandante con una comitiva de oficiales: un capitán, dos tenientes, un sargento y el telegrafista del cuartel. Colocaron una mesa en el centro de la pequeña habitación con una sola silla, donde la sentaron a la fuerza. Se iniciaban así, las tácticas y estrategias de una guerra contra los rebeldes alzados.

—Tire las cartas, señora. Queremos saber los planes del enemigo y qué podemos hacer —dijo un capitán.

Fermina dudó si mandarlos al carajo, hacer lo que pedían o darles un consejo sensato. Optó por salir viva y sin daños de allí. Las cartas se movieron rápidas en sus manos regordetas. Expulsó los primeros arcanos.

—Es buen jugador de naipes el Diablo, y palabrero y negociador de almas...y bueno, todo lo demás —dijo sin levantar la vista.

Los uniformados escuchaban atentos. Fermina se percató de la ignorancia que reinaba entre ellos, eso le daba ventaja, continuó segura con un plan.

—Los héroes conocen las victorias, los mártires no...—sintió el pulso alterado en aquellos hombres rudos pero sencillos, creyentes en jigües y balances que se mueven solitarios.

—Los hombres que buscan hacer nación van necesitando a los muertos, como la tierra precisa de hojas caídas, de troncos podridos, de aguas crecidas que arrastran fango y bichos y ni se sabe qué suciedad suelta. Se enorgullecen de los que no llegan, tanto como apuran a los vivos para que lleguen.

—¿Qué más? —preguntó el sargento, con los ojos desorbitados.

Fermina no sabía qué otra cosa absurda mencionar. Escupió a ambos lados de la mesa, traqueó sus dedos, emitió un sonido que sacó de sus entrañas. Pero nada cuerdo se le ocurría. Estaba perdida. Esperó lo peor.

El comandante saltó de su estupor, la autoridad militar no le permitía escuchar más sandeces elaboradas con inteligencia. Supo que no valía la pena seguir. Aquella maniobra no había sido una creación suya, recibía órdenes de arriba, de algún torpe inveterado jefe superior de Santiago de Cuba. De un puntapié casi desarma la mesa que se desplomó herida en sus patas flacas. Y vertió su propio parecer:

—Regresen a esta farsante a su casa. No podemos ganar la guerra con barajas.

La llevaron de regreso a la Calle Azul con los últimos rayos del sol. El comandante, con un teniente de su escolta y dos soldados, acompañó a Fermina. Ninguno dijo una sola palabra. Ya en el frente de la casa, Fermina se tragó un suspiro de alivio, había muchas versiones de que a los presos los sacaban en silencio y aparecían muertos en el cementerio. Miró al comandante y le dio las gracias.

—¿Por qué? —se extrañó el comandante.

—Porque usted es un caballero —afirmó la maga, quien había sido desacreditada una hora antes.

El comandante ladeó una sonrisa. Puso en las manos de Fermina el sobre que traía envuelto en su pañuelo.

—¿Qué dice ahí? —preguntó ella casi sin querer oír una respuesta.

—No quisieras saberlo. Me niego a hablar de lo que vi.

Al comandante se le notaba un miedo que tapaba bien con el uniforme militar que siempre intimida a los civiles.

—Estén atentos —dijo el comandante—, se escucharon los fotutos de la montaña.

—¿Hay inundación? —preguntó Fermina, ya repuesta.

—No sabemos, pero el fotuto dio la alarma. Usted sabe que en ocho horas tenemos la creciente encima.

Se despidieron con una mirada de simpatía mutua. Afuera, resbalaban las aguas de cielo plomizo por el cielo de papel azul. Si no había tregua entre los bandos enfrentados o triunfaba el de más puja, el militar y la maga habían concertado una paz duradera, más allá de los cuarteles.

***

Restablecida la calma en la calle con techo azul, y enterada la vecindad de los pormenores, especialmente del sobre contenedor de una carta que Fermina había mantenido oculta, comenzó a regarse la posibilidad de que pudieran enterarse del contenido y corroborar las sospechas de un crimen. ¿Cómo se enteraron del sobre maligno? Quedaba claro que las noticias importantes se filtraban por las paredes gruesas del cuartel del ejército, y llegaban a las calles del pueblo en un santiamén. El enigmático papel confesor podría predecir, según el murmullo general, otras muchas muertes en el barrio, y eso los ponía alertas y de mal humor.

Devuelto el sobre maldito al celoso e inconmovible custodio, Fermina decidió recostarse un rato en espera de los clientes que tenían cita desde hacía tiempo y habían sido anotados por Belén en unos papelitos para luego apiñarlos en unos pechos que la prolongada existencia planchó con maestría de ilusionista. Belén nunca almacenó las citas en su memoria ausente, las iba garabateando en papeles con letras incomprensibles.

Fermina meditó acerca del avisador que le salvara la vida y no encontró una respuesta certera. Dormitó hundida entre nubes de arenas, con una sensación desagradable en su boca árida, mientras atravesaba un desierto sembrado de barajas libres de figurines y números agoreros.

Belén entró sigilosa, con el signo de la flaqueza inoculando deslealtad en su mente merodeadora. Fue directo al sobre hermético, levantó el retrato de su cuñado Pánfilo que la miraba sonriente, aceptando el reto de la traición, y leyó la dedicatoria: «*Para Fermina*». Pensó: «Tenemos el derecho a saber la verdad». Contuvo por unos segundos los deseos incontrolables de rasgarle la virginidad y fisgonear adentro, donde seguramente se abría al mundo el alma atormentada de aquel hombre introvertido, culpable de algo, o de todo. Las manos trémulas, la boca reseca, el temblor del cuerpo ajado eran síntomas de miedo. Algo que la enfriaba por dentro le daba una sensación inexplicable de inseguridad. Y no movió ni las pestañas ante la tentación de leer una posible confesión del último residente de la casa misteriosa. Recordó el momento cuando vio el sobre por primera vez, ínfimo y amarillento, ahora le parecía grueso y desfigurado, hinchándose, como si un cáncer maligno creciera en el interior. Así mantuvo la postura incómoda, indecisa, hasta presentir que la vigilaban.

No la miraba solo su cuñado con semblante de papel sepia, sentía la sensación de que un bicho oculto le medía su cuerpo endeble para atacarla. Quedó paralizada de pavor al ver los ojos verdes semiabiertos de su hermana que la observaban con la serenidad de una pitonisa marmórea. Ella dormía, pero sus ojos parecían vivaces, o quizás la miraban sin mirar, cómplices o archivadores. A Belén esa imagen inexacta la horrorizó.

Alguien tocó a la puerta y estornudó una nota musical aguda y prolongada. Belén recuperó la calma, devolvió aquel corrompido sobre a su lugar. Si Fermina no le contaba, ella asumiría que así dictaban los arcanos: un sobre innecesario o comprometedor. Caminó indecisa hacia la puerta, aunque imaginó quién era: El Negro con sus estornudos musicales, se dijo.

Aún sin olvidar los ojos brujos de su hermana, abrió la casa al mundo exterior que se estaba tornando insoportable.

—Me manda Fila, que me vea Fermina. ¿Está? —dijo el Negro, descalzado, hecho una sopa, con los alambres de su cuerpo magro en temblores.

El reloj de pared, con dos péndulos como rabos de vaca y en sus puntas unas imitaciones de semillas de pino, plomizas, dio las nueve en punto. Belén se quedó tiesa, nada más eso faltaba, que el negro carente de entendederas de la cuadra, hermano de la dueña de la funeraria, se quisiera tirar las cartas. «Dios ha tomado muy en serio el asunto de los que poco pueden», se dijo.

—¿Que qué? —preguntó Belén.

—¡Fermina! —gritó el Negro con voz metálica, de filarmónica mal soplada— ¡Fermina, *coñocarajo*, Fermina! ¿Está Fermina? Fermina, Fermina, Fermina, Fermina, coño —repetía arrebatado.

—Sí, ya sé, Fermina. Entra Negro, pasa, anda, aunque estas no son horas de atender a nadie —dijo Belén, con más ganas de reír que de costumbre, pues cada vez que hablaba con él o lo sentía estornudar, como ella misma decía, se meaba de la risa.

—Me manda Fila con Fermina, con Fermina, Fermina.

—Sí, sí. Ya lo sé, no repitas más por favor, me atormentas —dijo Belén alzando los brazos secos.

—Pasa mi negro —dijo la maga con cariño, desde su cuarto. El Negro entró ladeado, como los cangrejos.

El Negro, al hablar, en esas contadas ocasiones que emitía sonidos entendibles, bajaba algo su cabeza rapada al cero y sus ojos humildes daban la sensación de estar en presencia de un perrito abandonado, triste, hambriento, en busca de comprensión, de amor. Eso, cautivaba a Fermina. Nunca vio en una persona, aunque en el Negro se debía a su retraso mental, tal actitud de blandura, de timidez, de mansedumbre animal. Y aunque se alteraba en tanto se sentía incomprendido, acababa sumiso, doblegado. En cierta ocasión, Belén lo llamó para que le tostara una libra de café. El Negro aceptó gustoso, era su costumbre aceptarlo todo, incluso, a veces preguntaba qué hacer. Aquel día, Belén le dio las instrucciones y lo dejó frente a la olla con el fuego listo, en el patio arbolado. Pero Belén salió al barrio y se olvidó del negro tostador. Cuando regresó, el Negro revolvía los carbones achicharrados que alguna vez fueron granos de café. La humareda apestosa del café requemado se esparció por todo el barrio. Belén puso el grito en el cielo.

—¡Negro, por tu madre, me quemaste el café!

—¿Por qué no me cuidaste? ¿Por qué no me cuidaste? —repetía el negro como una letanía insoportable.

Lo repetía camino de su casa o en busca de otra tarea. Cuando ya nadie recordaba el asunto, lo repetía incansablemente mientras caminaba de medio lado, como cangrejo huidizo.

—¿Por qué no me cuidaste? *Coñocarajo...* ¿Por qué no me cuidaste?

Esa actitud, a juicio de Fermina, eran señales de responsabilidad, porque reflexionaba: «El Negro conoce sus limitaciones y actúa en consecuencia».

—¿Qué quieres, mi negro? —preguntó la maga comprensiva, la buena.

—Dice Fila me tire la carta —explicó el negro sumiso.

Belén, del otro lado de la puerta, emparedada en el cortinaje florido, siempre dispuesta al espionaje casero, se dijo para sí: «A este lo mismo da leerle las cartas en chino que tirársela por la cabeza». Como el asunto del negro carecía de interés, abandonó la trinchera auditiva y fue a darle el último probado a la sopa. Muy campante se retiró, tarareando una canción en boga.

Fermina barajó los arcanos menores, cincuenta y seis cartas con sus oros, bastos, espadas y copas. Revisó calmosa los personajes de la corte: rey, reina, caballero y sota. Quedó pensativa por un momento: Si la nobleza estaba simbolizada por las espadas; los campesinos por los bastos; el clero por las copas; y los comerciantes por los oros… ¿Dónde estaba el símbolo del infeliz negro? ¿Cómo haría para vaticinarle? ¿Qué futuro le esperaba al pobre hombre? Era bueno para repetir palabras, laborar incansablemente, hacer mandados, llevar y traer recados; todo lo que pudiera realizarse sin complicaciones y bajo supervisión. ¿Qué querría saber Fila de un mañana tan negro como su hermano? Destapó las primeras barajas, habladoras silenciosas. Aparecieron cifras e imágenes que en nada encajaban con el personaje al frente. Y por alguna razón inexplicable, Fermina pensó en el enigmático sobre que le entregara el desacatado cabo Saborí. Miró a Pánfilo, porque sin duda alguna el difunto comprendería.

—A quién mejor que a él, ¿verdad? —le preguntó al difunto, y como notara que no daba señales de aprobación, argumentó—. Nadie sospecharía. Además, el Negro, aquí presente, cumplirá al pie de la letra aquello que se le mande, y a nadie le irá con el cuento. No estamos seguros con el papel aquí, mi chino. Nos hace daño.

El Negro miraba asombrado, y con la sencillez de la noble inocencia preguntó.

—¿Está vivo?

—Sí, mi negro. Vive conmigo, para mí. Pero deja eso, tú no entenderías.

Fue la única vez que Fermina vio un asomo de alegría en los labios chupados del negro. Un amago, una muestra de comprensión tan sutil apareció en su rostro, que ella prefirió no guardarla en su memoria. Era el Ángel de los incapacitados que se detuvo un instante y ocupó aquel cuerpo de tendones y músculos secos, para disfrutar una sonrisa humana. Fermina sintió un escalofrío recorrer su espalda, como si hubiera presenciado algo sagrado y prohibido a la vez. Esa fugaz expresión de entendimiento en el rostro del Negro le recordó que incluso en las mentes más simples podía haber destellos de una sabiduría inexplicable. Por un momento, se preguntó si no estaría subestimando al Negro, si quizás bajo esa apariencia de simplicidad no se escondería una percepción más profunda de la realidad que la rodeaba.

¿Podría Fermina, al fin, deshacerse del sobre maligno? Al menos apartarse de su influencia era ya un avance de progreso. Pero ¿cómo acogería el Negro tal encargo? La idea de confiar algo tan peligroso a alguien como él la llenaba de dudas. Por un lado, su inocencia y lealtad inquebrantable lo hacían el candidato perfecto para guardar un secreto. Por otro, su falta de entendimiento podría llevarlo a cometer un error fatal. Fermina sopesó sus opciones, consciente de que cada minuto que pasaba con el sobre en su posesión aumentaba el riesgo. Miró de nuevo al Negro, que ahora había vuelto a su expresión habitual de perplejidad, y se preguntó si esa momentánea chispa de comprensión que había visto sería suficiente garantía para confiarle semejante responsabilidad. El peso del sobre parecía crecer en su conciencia, urgiendo una decisión que no podía postergar más.

Dos muertes a medianoche

A pesar de los dudosos augurios que obtuvo en la mañana con Fermina la cartomántica, de la pertinaz llovizna, de la aparición del muerto en casa de los Malasangre, del escandaloso registro y aprisionamiento de la maga, que intentaran rescatar el señor alcalde y la primera dama, Fermín Américo se empeñó en darle un giro brusco a su vida monótona.

Un tajo de la luna al final del menguante se veía limpio en el firmamento estrellado.

Esperó la hora fatal sentado en la curva de la calle, donde los bancos apenas se dejaban ver. Esperó y esperó. Vio salir a la Tejerino de su casa y entrar en la de Fermina. Se encogió como una lombriz cuando dos *casquitos* pasaron rumbo al cuartel, calle arriba. Eran pasadas las once de la noche cuando aparecieron los tórtolos. Se sentaron en el mismo banco de siempre, se abrazaron y se olvidaron de los males del mundo.

Y, en un instante sublime de dos enamorados, suspendidos hasta el cielo sobre las alas de un beso caótico, Fermín Américo apuñaló al soldado sin temblores en la mano homicida, sin miedos ni humanidad, como le enseñara su abuelo a matar un puerco jíbaro.

Ejecutada su macabra obra, con el rifle Garand de recompensa y de castigo la mano enguantada de rojo corrió callejón abajo buscando, primero el río y luego el monte cerrado. Y como todo acto de impureza es abominable a los ojos de Dios, aunque la mancha de sangre logró limpiarla en las aguas del torrente, nunca pudo arrancarse del suplicio de la conciencia, la mueca mortuoria de aquel infeliz hombre que no pudo imitar a los amantes eternos, no pudo sustituir a Tejerino.

A los gritos de dolor y de pánico que daba la mujer, única testigo del ajusticiamiento, o víctima sobreviviente, o cómplice del crimen —¿quién podría saberlo?—, se encendieron las bombillas de todas las casas del barrio y, más tarde, las del pueblo.

A partir de aquel día los soldados no saldrían más del cuartel, en pareja, como era costumbre, y se ordenó la construcción de un camión blindado que se le bautizó *Chemí*, en donde se metían los guardias como topos, para transitar por las calles desiertas del pueblo después de las seis de la tarde.

Belén salió de su escondite telaraña, donde capturaba voces, miró afuera, indagó con el vecino, se enteró del crimen e inmediatamente entró llena de pánico.

—Mataron a un soldado en el parquecito —dijo a voz en grito.

Fermina levantó la vista, miró a su difunto marido y sentenció:

—Van dos —Pánfilo convino con ella—. Antes de la media noche. ¿Quién será la próxima víctima? —la Tejerino bajó la cabeza en una oración incierta.

Afuera, con la hermosura de una noche estrellada, la calle se llenó de gente, y de sobresaltos.

—Quédate donde estás —dijo Fermina a la Tejerino—. Todo ese barullo pasa enseguida, y antes de que den las doce debemos conocer tu porvenir.

—¿Qué hago con este hombre?

Fermina la miró con lástima.

—Dímelo, por favor, porque ya se ha convertido en algo desesperante.

—¿Desesperante? Coño, si llevas un montón de años rompiendo los sillones del cine y los del parquecito resisten porque son de palo. ¿Y ahora te apuras?

La Tejerino ladeó el cuerpo. Sabía que un movimiento en falso, frente a la adivinadora, sería fatal para ella, para conocer sus arcanos.

Fermina volvió a mirarla, como buscando respuestas en su rostro compungido.

Para Carmen, partirse en dos y mostrarse por dentro sin que la maga lo pidiera, tampoco serviría. Lo mejor era esperar la pregunta, la que todos añoraban hacerle, para la que hacía muchísimos años ya tenía dos respuestas, una mentirosa y otra inconfesable. Esperó, y la maga se abalanzó con la estocada fastidiosa.

—¿Qué les faltó a ustedes para que consumaran la unión del matrimonio?

—Tiempo —dijo la Tejerino sin pensar.

Fermina oyó bien o, mejor dicho, leyó bien en sus labios, pero se hizo la desentendida, atenida a la sordera. Miró a Pánfilo y le hizo guiños. Abrió la gaveta de la mesita de noche y extrajo unas cartas sin usar, regalo del difunto, un día primaveral y lejano, con la edad de Cristo en la cruz.

—Treinta y tres años —le dijo a Pánfilo.

Las manoseó como si tocara la piel tersa de su marido, la primera vez que estuvieron unidos ombligo con ombligo, cara con cara. La primera vez que murieron juntos por unos minutos y resucitaron para que luego él levantara el vuelo y quedara convertido en papel amarillento. Las barajó despacio y ella misma las picó tres veces. Tiró la primera carta: la de un hombre con dos mujeres, una estrella y Cupido a punto de lanzar la flecha.

—Ya no hace falta matrimonio —dijo la maga.

—¿Por qué? —se aterrorizó la Tejerino.

—¿Con quién se casaría él, mañana? —preguntó la maga y miró a Pánfilo.

Entre las cortinas Belén asomó su cara demacrada para mirar el reloj: «Falta un cuarto para las doce», dijo en susurro. Afuera el cuchicheo exaltado, alarma militar, gentes a toda carrera, autos y camiones con estruendo de refriega. La lluvia fresca mojó los asientos del parquecito ensangrentado y luego cesó. El temor a la muerte que venía de la oscuridad en una noche de luna menguante guardó a los vecinos y acalló el sonido humano.

—¿Mañana?

—Sí, mañana —dijo Fermina, sin ocultar su agresividad. Y recordó, que antes de sacar las demás cartas debía preguntarle algo importante. Se atrevió—: ¿Ya te acostaste con él, sí o no?

—Sí. Muchas veces —se abrió total la Tejerino—. Todas las veces que quisimos, durante veinte años. Después vino la calma, la contemplación, el amor verdadero.

Carmen, al decir esas palabras enormes, que no cabían en ella ni ocupaba un espacio en el tiempo, sintió que se vaciaba, que ya podía morirse. Su vida, al fin, tenía sentido con esa confesión incierta que necesitaba gritar, fuera real o falsa. Fue la misma sensación del parto que nunca tuvo.

Mientras tanto, Fermina echaba otras cartas. El arcano XVIII_se presentó, la Luna, un cangrejo trepador, un perro y un lobo. Pegó sus ojos zahories en la boca embustera de la Tejerino, de allí no los despegaría más. La Tejerino tocó la carta con un dedo afligido, le dio vueltas sobre la sábana.

—Entonces —dijo Fermina extrañada, después que recogiera las barajas y las guardara en el arca de su pecho—. Entonces, ¿por qué el casamiento?

—Porque… —Carmen retardó la respuesta— la mejor virtud de una mujer es guardarse para un hombre.

—Pues mira que no —se encabritó la maga—. La mejor virtud es atreverse.

—Bueno, porque somos católicos, creemos en el matrimonio, por eso, y por asuntos particulares, que tú me perdonas, pero no puedo decirte.

Fermina leía su boca, miraba sus músculos faciales, la comisura de los labios, leía su alma disuelta en éter. Y oía algunas palabras salteadas, para divertirse, porque las sabía divorciadas de la realidad. Se puso rígida, como poseída por un muerto. A Carmen le pareció que la maga crecía en la cama.

—Mira hija —comenzó Fermina. Su voz venía del armario, o del retrato del difunto, o del infinito, o quizás del sobre que custodiaba Pánfilo—, tú no lo hiciste con él durante veinte años, eso es mentira tuya. Si lo hiciste, sería ayer y malamente. ¿Por qué guardaste por tanto tiempo lo que se marchita y muere? Mucho lo deseaste, pero sin la entrega, que es fin y principio de todo. Ayer viste un sapo ante ti, un sapo que fuera príncipe. Va y a lo mejor llevas años rozando la piel de sapo, fría, que te hace espantar. Y, sin embargo, quieres sujetar al hombre para vengarte de tus falsas virtudes, que te engañaron cruelmente. O te dejaste llevar por tus miedos a la vida, a la cama. Quieres amarrar a tu falda lo que ya no te hace falta, lo que no podrá darte gozo ni dinero ni hijos ni nada.

La Tejerino se puso de pie, no parecía ella misma, sino humo espeso con forma de mujer, lo que siempre fue y nadie veía.

—La razón verdadera por la cual vine... —patinó en las palabras que con seguridad no habían sido razonadas con serenidad.

—Ya sé —la detuvo Fermina—. Es lo que todos quieren, enterarse de lo que escribió Rafael.

Carmen silenció las palabras de aprobación. Quería, como todos, saber su contenido, y sabía, como todos, que sería fatal, porque la carta estaba maldecida por Dios. Eso comentaba todo el barrio. La maga tomó el sobre amarillo que seguía dentro del pañuelo del comandante. Se veía pequeño en sus manos. A la Tejerino le pareció horrible, inmenso y diabólico; sería algo así como si tocara el rostro de la muerte, lo que más temía: Morir sola, sin haber consumado sus deseos de mujer, mediante el matrimonio sagrado.

Leyó. Cerró sus ojos llenos de lágrimas gruesas. Después lo metió con cuidado en el sobre, pasó su lengua en la goma que seguía manteniendo la viscosidad y que le supo a tierra, lo echó a las olas arremolinadas de las sábanas. El sobre parecía hincharse en una absorción de aguas amargas. Caminó hacia la puerta y a Fermina le pareció que traspasaba las tablas y desaparecía en la noche encapotada.

—Cuando la verdad se impone, las tierras pantanosas se vuelven campos de frijoles —le dijo a Pánfilo, y como siempre, el retrato devolvió su parecer con una sonrisa empapelada.

El sobre emitió un gemido de muerte, y Fermina escuchó voces de duendes cuchicheando.

Un minuto largo acompañó a la Tejerino hasta la calle, iba envuelta en los oscuros velos de un tiempo inconcreto.

El reloj de péndulo sonó doce veces pausado, mientras Fermina bostezaba un cansancio viejo. Un segundo después sería el inicio del nuevo día, nueve de mayo, que todos esperaban para celebrar. Un segundo antes de las doce, otro habitante del barrio habría dejado de existir, sería el tercer muerto según los arcanos mayores.

***

Estaba muerta. Sentada en el parquecito que visitara e hiciera propio tantas veces en noches interminables de cuitas amorosas. Carmen Eufemia Fabiana, la Tejerino, estaba muerta, tal vez como quiso estarlo durante tres décadas. Dejó el mundo irracional que la arrinconara en los árboles del parquecito. Murió, según testigos, faltando unos segundos para que dieran las doce de la noche en un año inseguro y conmocionado. El reloj del Ayuntamiento, lejano, pero audible, con sus campanadas alegres, sonó anunciando el nuevo día. Carmen Eufemia Fabiana dejó de existir y de existirle al novio, a partir de ese momento desconsolado y vacío. Para el pueblo, hacía unos años que vivía como un fantasma físico, visitadora del cine y del parquecito Tamayo, una leyenda de inútil virginidad en la constancia desértica de un noviazgo.

Su muerte, tan repentina como enigmática, desató un torrente de especulaciones en el pueblo. Algunos murmuraban que había sucumbido a la revelación de un secreto demasiado pesado para su corazón, quizás relacionado con aquel sobre misterioso que Fermina guardaba. Otros, más dados a lo fantástico, aseguraban haberla visto desvanecerse en el aire, como si finalmente su cuerpo hubiera decidido acompañar a su espíritu, largamente ausente. El novio, ahora viudo de un matrimonio jamás consumado, vagaba por las calles como un autómata, buscando en cada esquina el fantasma de una promesa eternamente postergada. La silla que Carmen ocupara en el cine permaneció vacía por meses, nadie se atrevía a ocuparla, como si su ausencia fuera más tangible que su presencia lo había sido en vida. El parquecito Tamayo, testigo mudo de tantas noches de amor contenido, parecía ahora más sombrío, sus árboles susurrando secretos que solo Carmen y su eterno novio habían compartido. En el pueblo, la historia de la Tejerino se convirtió en un cuento con el que las madres advertían a sus hijas sobre los peligros de postergar la vida, una fábula sobre el amor que, de tanto esperar, se convierte en su propia sombra.

La noche larga de los tres muertos

Rompió el día nueve de mayo nublado y fúnebre, salpicado de charcos, doblando las campanas. Un amanecer de temores e incertidumbre. Aclaró el día sin carnavales y con el luto en todos los corazones sensibles. Fueron suspendidas las fiestas, no solo por los sucesos acaecidos en el pueblo, sino en toda la Isla. Un año mayaricero desdichado, que estuvo incubándose en los arcanos mayores y menores, arrojados por la boca sabedora de Fermina, la maga.

Con el cantar de gallos, aquí y allá, la calle mostró sus azules a los ojos insomnes de los vecinos. Nadie durmió esa noche que se negaba amanecer, enorme y enlutada, con olores al café y al tabaco, como si velaran muchos muertos en una mudez desacostumbrada y en una funeraria vacía. Los pensamientos todos estaban puestos en el sobre misterioso y a su capacidad ignota de causar daños irreversibles le achacaron las tres muertes.

A esa hora tempranera un Jeep del ejército detuvo la marcha frente a la casa de los acertijos. Se bajaron el comandante Milán y varios soldados que se regaron por la cuadra. Los vecinos asomaron sus cabezas desveladas. El sonido metálico de la trompeta de Mingo el zapatero que a esa hora resoplaba con ganas, subió una nota y cesó de pronto. Belén sintió el frenazo y los toques en la puerta. Abrió. Su sorpresa fue tal que solo atinó a llevarse los huesos de la mano al hilo de sus labios y quedar paralizada de pánico.

—¿Puedo pasar? —oyó Belén que preguntaba el comandante, y no pudo responder. Solo la mano obedecía aún y Belén hizo un gesto de aprobación con ella. El comandante pasó.

—¿Me puede perdonar usted y su hermana? Ayer fue un día malo, muy malo. Mayarí se me echaba encima y no pude hacer otra cosa que responder con violencia, como militar que soy.

—Entre señor comandante —se oyó distante la voz sin_reproches de Fermina—. Entre, que ya estoy preparada.

Belén lo guió hasta el cuarto, cerró la puerta y se quedó detrás del cortinaje, no para oír —ni las ganas ni el entendimiento la acompañaban—, se quedó porque estaba rígida de espanto.

—Le decía a su hermana que...—Fermina lo detuvo.

—No hace falta comandante, yo sé que dice la verdad. Tome asiento. ¿Se lo digo todo?

—Lo que usted vea en ellas —dijo el comandante Milán con el cuerpo vencido, y agregó—: Pero quería decirle que debe agradecerle al vecino suyo, Enriche, el que todo lo sabe, fue quien dio avisos, si no, yo no tenía el ánimo para galletitas y, sinceramente, con usted habría pasado cualquier cosa en el cuartel, aquellas paredes guardan al Diablo dentro.

144

Fermina entendió, no solo al comandante sino también a la alcaldesa. Recordó que el cuerpo de la Tejerino lo habían trasladado de la morgue al cuartel, porque ella había decidido morir justo en el mismo parque del asesinato del guardia, la misma noche, casi a la misma hora. Fermina se propuso interrogar al comandante.

—¿Dónde velarán a la difunta Carmen?

—En la Hermandad —dijo el militar—. En la tarde traen a los tres muertos.

Fermina se alteró por dentro. Le miraba los labios gruesos y enérgicos al comandante y había entendido la frase: «tres muertos».

—Entonces, ¿velarán a Rafael, al soldado y a la Terrina, juntos?

—Eso pensamos —dijo el comandante—. No hay otro sitio dispuesto para velarlos por separado. Lo arreglamos todo con la dueña.

—¿Quién mató al soldado?

—Un tipo llamado Fermín. Se llevó el arma y cogió el monte. ¿Lo conoce?

Fermina fue a decir que no, pero sacudió la mentira como quien espanta un insecto del rostro. Estaba ante un militar astuto, que no cazaba mosquitos apedreándolos.

—Ya lo creo —dijo a secas y de inmediato levantó su escudo—, estuvo aquí temprano en la mañana. ¿Quién iba a pensar que haría semejante barbaridad? Ni siquiera ustedes, que tienen gente para eso o ¿me equivoco?

145

El comandante pensó en las remotas posibilidades de éxito si comenzaba un interrogatorio basado en la adivinación de la cartomántica. Soltó una frase ambigua y definitiva:

—Claro.

Las cartas fueron barajadas en orden, disciplinadas caían unas dentro de otras, y al picarlas se mantenían correctas, y luego se abrieron con exactitud estratégica para la guerra, como un ejército formado a punto del enfrentamiento. Eso vio la maga, que las cartas obedecían similares a soldados dispuestos a inmolarse por su comandante. Sacó el arcano XI, una mujer abría con sus dos manos las fauces de un león. Fermina se ladeó, huyendo de malos influjos que emanaban discretos pero mortales. Sin explicar nada, hizo otros cuatro lanzamientos, entre barajadas y pilas organizadas con pericia. Al final de su faena prestidigitadora, habló:

—La fuerza del traje que lleva puesto le domina, saca de usted lo peor, aunque sea hombre templado, justo. Muchos hablarán de usted como que fue un caballero, un militar de honor. Pero está usted en el bando perdedor. No veo con claridad si usted llegará a viejo, rodeado de nietos, o acabará frente a un pelotón de fusilamiento.

El comandante no movía un músculo. Había sido, cuando joven, un excelente jugador de póker, donde se ha de conservar la calma y tener nervios de acero y sangre helada. Fermina esperó una reacción suya, pero al mirarlo a sus ojos duros comprendió que debía seguir hasta el fondo.

—No debe temerle al cabo Saborí, es también hombre de honor, nunca mencionará su nombre.

El comandante pensó articular algo, pero no pudo. Sus pupilas lo desnudaron a la agudeza visual de la maga. Ella lo miró por dentro.

—Le repito, usted es un militar de honor, los muertos no se lo achacarán a usted, aunque tendrá muchos enemigos en el pueblo, los que no se imagina, pero otros tantos saldrán en su defensa.

—¿Cuándo se acabará esta guerra?

—Más pronto que nunca. Y no se preocupe, usted se salvará del desastre.

—Me basta —dijo el comandante—. ¿Cuánto le debo?

—Deje lo que usted quiera, para comprar velas —contestó la maga sin mostrar interés.

—Otra cosa —dijo el comandante y Fermina se inquietó, el recuerdo de las armas no la dejaba tranquila. Sería el colmo que el comandante dijera la contraseña para recogerlas—. No pude leerlo, la tinta estaba borrosa, como una mancha, aunque algo me dice que no siempre fue así.

—No siempre —abundó Fermina, recuperado ya el color del rostro—. Le diré algo para su provecho. Cada vez que alguien lo toca, deja sus penas, dolores, miedos, malos pensamientos. Es como si el sobre se fuera hartando de los males de la humanidad. Si alguno tiene el coraje y lee, ve la podredumbre del mundo, se infesta. El sobre contiene el alma podrida de muchos hombres malos, quienes la entregaron al Diablo a cambio de algo desconocido, pero el pacto quedaría sujeto con al menos un asesinato, como prueba de lealtad al Infierno.

—¡Vaya! —exclamó el comandante, medio crédulo y medio desconfiado.

—No le pasó lo peor. Usted es dichoso; si lograba descifrarlo terminaría padeciendo lo que teme, y el daño que causó alguna vez se le revertiría. Esa es la maldición de los Malasangre.

El comandante sonrió. Sobre la cama, debajo de su mano, comenzó a salir un billete de cien pesos. Cuando se puso de pie, quedó estirado el billete como si acostaran todas las alegrías que caben en un año, hecha papel moneda, en un instante único. Fermina creyó ver que Pánfilo abría sus ojos achinados tan grandes que a ella le dio miedo. El embrujo del cuarto estaba metiéndose en lo profundo de las cosas y los cuerpos, cada vez con mayor audacia. El comandante se marchó. Chillaron las ruedas del Jeep en un escape desenfrenado, rumbo al cuartel.

***

Por la ventana abierta entraron las voces del gentío agrupado en la funeraria. Allí se escucharía de todo, desde los cuentos irreverentes hasta las anécdotas sobre espíritus y apariciones espeluznantes, además del tema de la carta misteriosa y fatídica.

—¿Ya trajeron los muertos?

—Vienen llegando —dijo Belén.

—Yo no puedo asistir, tú sabes por qué. Quiero que vayas y amanezcas, es lo menos que se merece la Tejerino, la pobre.

—Iré.

—También quiero que metas el sobre en el ataúd de Rafael.

—¿No se lo entregaste al Negro?

—Lo pensé mejor, me lo quedé.

—No te preocupes, veré cómo lo hago.

Por el vuelo escandaloso de los gorriones, de sus piruetas sobre los cables del alumbrado público, para desde allí meterse en los árboles del parquecito Tamayo, supo Belén que la noche se les echaba encima. El reloj marcaría las seis cuando pasaran las zancudas y los choncholíes revolotearan en los ficus. Miró hacia afuera, al cielo nubloso, y observó el vuelo obstinadamente orgánico y blancuzco de las zancudas apuntando con sus largos cuellos al noreste. Varios hombres pasaron encapotados o con sombrillas buscando el río.

—¿Qué sucede? —preguntó Belén al que pasaba cerca y rezagado, cojeando los años que sufría.

—El río —dijo el viejo sin detenerse—. Trae tremenda crecida.

—A ver si se mete en el pueblo y limpia un poco —balbuceó Belén.

El viejo no la escuchó. A Belén le pareció oír el rugido de las aguas cuando trae una creciente de fango, arbustos, animales y maderos hacheados en los montes del sur. No obstante, a pesar de aquel volcán de aguas revueltas, la noche se presentaría generosa y bonita, con la quietud espléndida de la muerte.

Cuando se impuso la oscuridad, negra total, misteriosa y profunda en la mudez de los pájaros, en el agudo canto del grillo, en el ruido cilíndrico de las cigarras verduscas, en la melodía secreta de mil bicharracos ocultos en la tierra empapada, el velorio absorbió la fuerza del carnaval suspenso con la atonía profunda de la tristeza. La calle era un hormiguero de alboroto apagado, de murmuraciones confusas. Por debajo de sus banderitas iban y venían gentes de todas partes para ver la creciente del río y tener la certeza del desastre, si aumentaba la amenaza de meterse en el pueblo o era una avenida más, de las tantas. En la noche de los tres muertos, sin luna ni luceros, las distintas versiones sobre la trunca existencia de la famosa novia angustiarían los corazones; el río, sucio y borrascoso, personaje principal en la vida de los mayariceros, pasaría a segundo plano. Así comenzaría a crecer el mito de los Tejerino, los novios eternos. Otros dejarían sus pareceres sobre el ajusticiamiento del soldado. Y aquellos supuestos entendidos en materia de ahorcados, rumiarían hipótesis desveladas, trayendo al recuerdo cuanto sabían de los hermanos Malasangre y de otros anteriores infelices que decidieron morirse colgados por el cuello. La noche de los tres muertos sería inolvidable.

Dispusieron los ataúdes de forma tal que lucieran tres espaciosas capillas ardientes, sin división estratégica entre ellas, solamente velas y flores, en donde conjeturaban que cada grupo de dolientes y amigos desbordarían sus penas, abanicándose los calores en el constante balanceo de los muebles de madera labrada. Cada muerto debía tener su doliente arrimado, aunque fueron las beatas del pueblo, forradas con la rancia costumbre funeraria, con el manto de urdimbre traslúcida y sombría cubriéndoles las cabezas ladeadas, quienes aportaron el mayor número de plegarias y llorisquearon entre rezos y cuchicheos; entre vaivenes y somnolencias; entre sorbos de café y un chisme indeciso en espera de solución, hasta que les llegó la hora del sueño, a las once en punto. Entonces, los balances desocupados no gimieron al roce acoplado de la madera, quedaron vacíos de oraciones empinadas al cielo, en la noche irreducible de los tres muertos.

En toda la cuadra el ejército desplegó fuerzas con el fin de proteger a los soldados escogidos para hacerle guardia de honor al compañero de armas tendido. Era la única caja mortuoria que se mantuvo acordonada, como en un asedio tedioso sin refriegas ni ardides. Rafael estaba esquinado, distante en su momificada soledad, custodiado por cuatro velas fastidiosamente estiradas, de pabilos inacabables como de lanzas incendiarias que amenazaban clavarse al cielorraso. Uno que otro curioso, para constatar la enormidad de las historias que sobre él se contaban en pequeños grupos dispersos por la calle, se llegaba hasta su féretro y le dedicaba atención; luego se hacía la cruz de hombros, torso y cabeza con la rapidez de quien traza al aire una firma inteligible, y retornaba a discutir el nuevo punto de vista dentro del grupo. En el espacio que rodeaba la caja grande de Carmen, el compungido Tejerino lloraba desconsoladamente su fatalidad como si no le hubiera bastado los treinta años de soledad en la compañía estéril de su adorada novia. Tejerino era el único que derramaba lágrimas fugaces pero verdaderas, dolido por aquella pérdida mortal de un noviazgo infecundo que pretendió ser imperecedero y fue roto inmerecidamente en el capullo.

Belén acudió al velatorio como un hilo negro en medio de la noche. Llevaba el luto entero, no había un resquicio para descubrirle la piel blanca reseca; un velo cubría su cara, las manos enguantadas, al cuerpo de sarmientos colgaba la cartera pecadora que contenía la maldición de los Malasangre.

Tres veces se acercaría al féretro a contemplar, sin deseos, el rostro de Rafael con la intención de abandonar allí el sobre. Tres veces intentaría abrir la tapa y fracasaría por el poco ánimo que tenía. En la última oportunidad que tuvo, pasada las dos de la madrugada, cedió a los garfios de sus dedos largos.

Fila, la dueña de la funeraria, quiso arreglar un poco la mueca de la cara del difunto; entonces, finalmente determinó cubrir la calavera con un paño gris, así posibilitó que Belén metiera su mano miedosa y dejara el paquete. Cuando lo hizo, se persignó desagraviando la ofensa y caminó resuelta a su mundo de barajas y difuntos colgados a la pared con una seriedad patética como si los fueran a ejecutarlos al garrote vil.

Afuera, en ambas bocacalles, se levantaron trincheras de sacos con arena y los soldados guarecían el velatorio similar a lo aprendido para custodiar un fortín. Aquellos que decidían entrar en la calle sitiada, que fueron incontables, se les cacheaba completo y registraban su nombre en un libro negro, con la minuciosidad hostil de un conflicto bélico. Desde el cuartel se recibió un suministro de guerra: café en polvo, gruesas de cigarro, cajas de tabaco, paquetes de chocolate y latones de galletas; en conjunto, para gratificar a los que permanecieran sin pegar un ojo la noche entera.

Si fuera posible la realidad de un negativo carnavalesco, como el reverso de una imagen en el espejo, o una copia inerte de siluetas, o el sombreado falaz de un cuerpo vivo bajo el sol, ese sería, sin dudas, el velorio tumultuario de aquellos tres desgraciados que escogieron el ocho de mayo, víspera de los festejos patronales, para mostrar los miserables despojos de una muerte entera.

Los murciélagos volaron en bandadas sigilosas toda la jornada nocturnal, en una despedida velocísima y loca, dedicada en exclusiva a Rafael Malasangre. Agradecían así la gentileza de cederles espacio en la casa misteriosa durante muchos meses. Y próximo al amanecer, como los vampiros, escaparon de la luz con desespero ordenado y retornaron al caserón deshabitado por los hermanos Malasangre.

Todos los vecinos sacaron sus asientos a la intemperie, y bien en plena calle o en los portales, hicieron compañía ceremoniosa a los tres muertos hasta bien entrada la madrugada. Y la naturaleza, que invariablemente actúa de forma imprevisible, respetó el velatorio callejero cuando cesó por unas horas el temporal de aguas, y al sol en pleno día le quitó la fuerza de arder, y al tiempo constante y exacto lo hizo volar y a los mayariceros, olvidadizos por idiosincrasia, los haría evocar estas muertes inútiles acrecentando sus penas y amarguras. Ese fue el legado póstumo de la naturaleza la noche luctuosa de los tres muertos.

El entierro, al siguiente día, careció de la pomposidad y lentitud de otros tiempos, con el carro fúnebre en lentitud de acontecimiento luctuoso y de respeto que pasaría por el frente3 de las casas y todos saldrían a ver, cerrarían las puertas para impedirle que entrara su espíritu en ellas y le dedicarían un adiós merecido o rutinario; en cambio, a los cadáveres encajonados los montaron temprano en la mañana en un camión militar y los trasladaron al cementerio San Gregorio, sin un séquito de vecinos o familiares ni los dobleces de las campanas ni la presencia levítica del cura.

Los tres cadáveres se fueron desnudos de palabras grandilocuentes, adornadas por Padilla, el hacedor de duelos, con sus alegorías capaces de arrancar lágrimas a las piedras con aquello de: «Del polvo nacimos y en polvo nos convertiremos».

Y otra fue la frase que soltó Fermina desde su ventana austral, santiguando su cuerpo y su mente con las manos que se pasaba por la cara y traqueaba los dedos al aire como un látigo y en un largo persignar con palabras entre dientes que le salían de lo más profundo de su cuerpo a punto de estallar dijo:

—Se acabó la noche larga de los tres muertos.

El joven cronista y el bautizo de la Calle Azul

Fermina, la cartomántica célebre, convertida en maga engañosa, amaneció con la cara risueña. Pese a todo lo sucedido en días anteriores —la suspensión de los carnavales, el ambiente de guerra reinante, el triple velorio y el sobre malévolo en el que no dejaba de pensar, que, a pesar de abandonarlo dentro del ataúd, sentía sus efectos dañinos— lucía fresca y renacida, como nunca antes su hermana la vio. Sin embargo, Belén andaba dando traspiés por la casa de piso entablado. Deambulaba entre el humo del fogón, el lagrimeo de cebolla, y los clamores sordos de difuntos agarrotados en las paredes. Ansiosa buscaba en qué entretenerse, huyéndole a las zancadillas del recuerdo, a los mordiscos rabiosos de la soledad, que desandaban intimidantes por los rincones. Caminaba flotando, con ganas de volar o desaparecer ardida en el pabilo de la vela que encendía todos los amaneceres a la virgencita de la Caridad de Nipe, que muchos se empecinaban en llamar Caridad del Cobre.

—Belén, acércate —dijo Fermina—, siéntate aquí, juntita conmigo. Ahora pica las cartas. ¿Yo alguna vez te tiré las cartas? —preguntó.

—No —ratificó Belén.

La mueca de sus labios, que siempre andaba rondándole su existencia marginal, creció. Fue una mímica igual a todas las precedentes de duda incesante y aburrimiento insustancial.

—Corta —pidió Fermina.

Belén cortó las cartas con las manos huesudas marcadas por varias generaciones de ajetreos en sus batallas caseras, el fregado de lozas, el cuchillo cercenador, la escoba rabiosa, la basura interminable, el lavado a puños, y cientos de escaramuzas de toda clase para el mantenimiento y protección de una ciudadela habitada solo por dos mujeres fatigadas y un montón de baldados difuntos. Trató de recordar su niñez. Le pareció ajena aquella niña que vestía de blanco, los lazos, los juegos... ¿Por qué creció tanto —sin poderlo evitar— hasta convertirse en un ser infeliz, en una mujer insegura? Todo fue para volverse hábitos y resabios y huesos adoloridos... ¿Era menester crecer, llegar a vieja? ¿Por qué no aceptó, desde el primer día, las insinuaciones apasionadas de su primer amago de amor?

«¿Cómo te llaman?» «Belén», contestó ella al hombre que le pareció interesante, regio, tosco, que pasaba por su barrio y le dedicaba un piropo: «¿En esta casa habitan ángeles?», a ella le gustó lo cursi. «Lindo nombre... ¿vives sola?». «No, con mi hermana mayor y madre y padre». «¿Puedo visitarte otro día?», Belén se espantó, «Primero debo consultar con padre». «Hazlo, preciosa. Que no sea demasiado tarde cuando te decidas». Belén titubeó, si decirlo a su gente o silenciar la primera cuita de amor, dudosa si era real o eran visiones fantásticas. Pasó un día y otros más. El hombre de ojos achinados tenía aplanada la cuadra, hasta que Belén decidió salir a su encuentro sin consultar, al menos con su hermana, o pedir permiso a tal descabellada propuesta de un desconocido. «¿Te doy un beso?», preguntó él y con la misma plantó su boca libertina en los labios finos de Belén. «¡Por Dios santo! ¿Cómo te atreves?» «Cuando me enamoro me entran apuros», dijo el chino atrevido. «Ya sé quién eres, atacó ella, eres Pánfilo, un donjuán de las calles. Seguro le dices lo mismo a todas las que conoces». «Pero contigo será distinto, mi alma. Te llevaré hasta el altar». «No te creo».

No importaba si creía o no; estaba prendida, sentía un ligero estremecimiento del cuerpo, se retorcía su orgullo, bajaba la guardia, la voz temblaba, el corazón ardía:

«Déjame probarte», dijo él. «¿Probarme?» Belén se agarró firme de la baranda del corredor, el chino melindroso enseñaba unos dientes de tiburón que a ella le pareció se la podría tragar como una sardina. «Probarte mi honestidad» «Ah, me asustaste», dijo ella. «Decirte quiero, que soy un hombre sincero, de donde crece la palma» «Ningún hombre dice toda verdad a una mujer, ni siquiera el que inventó esa frase» «Yo sí, mi alma… y juro por esta boca que se comerán los gusanos, que entraré a tu casa por esa puerta».

Y entró, por la misma puerta que señalara, solo que, acompañando a Fermina, a quien enamoró en el parquecito Tamayo un mes después de noviar furtivamente con ella y, exactamente un año apenas de embarazar a Lucrecia, una negrita sobresaliente del barrio de Guayabo, apodada *Chumba*.

Fermina la despertó.

—Corta… ¿Qué te pasa hoy? —indagó.

—Nada —contestó Belén.

Ella tenía ganas reales de decir cualquier cosa que la sacara de aquellas cuatro paredes, de su envilecida existencia, que le devolviera su niñez; con ganas irrefrenables de gritarle que el chino mentiroso del retrato debía pertenecerle a ella, que bien podría ser su difunto. Se tragó todos los pensamientos que caben en un solo dolor.

Las cartas fueron cayendo como lluvia de papel, mostrando números y figuras. Belén estaba acostumbrada a mirarlas como si no existieran, como si solo el ingenio de su hermana fuera capaz de interpretarlas. Pensó que todo era fruto de la imaginación vehemente de su hermana Fermina. Cortó con pereza. Aparecieron los primeros arcanos.

—Aquí dice que vas a vivir muchos años, tantos, que verás cómo las cosas y las gentes se convertirán en lo contrario de lo que son hoy. Habrá tantos cambios que si lo dijera alguien ahora lo apedrearían por loco. ¿Puedes creerlo? Eso dicen las cartas.

Belén permanecía callada. Recordó el día exacto en que su hermana le confesó el don de la adivinación, mediante las líneas de las manos, por donde empezó todo. «Te puedo decir qué te pasará la semana entrante», le dijo. Ella no le creyó o sintió miedo, y se burló.

En otra oportunidad le dijo: «Hoy leí la mano de papá, mientras dormía. El viernes vendrá alguien a proponerle un negocio». «¿Cuál negocio?», preguntó ella embullada, porque a Fermina le habían aflorado, para entonces, ojos de bruja. «Un negocio de vacas, o algo así».

Y, efectivamente, no sería el viernes, pero el sábado llegó desde un poblado cercano un pariente que traía un bolso con dinero y se lo entregó al padre para que lo invirtiera en chivos, un negocio que les daría leche, carne y cuero. Tampoco sería precisa en definir el animal, pero, en general, había salido como su premonición dispuso. Desde entonces, Belén comenzó a creer en la gracia de su hermana mayor.

—¿Cuándo cambiaste para las cartas del Tarot? —preguntó Belén y Fermina se subió a las nubes del recuerdo.

—¿Qué? —dijo sin entenderla.

—¿Cuándo decidiste leer las cartas en lugar de las manos? —subió el tono.

Fermina quedó inmóvil, silenciosa, no manipuló las barajas. Intentó meterse allá en unos recovecos de calvario donde el pensamiento casi no podía traspasar. Recordó que fue Pánfilo quien la obligó a montar ese negocio mientras él continuaba con la reprobable vida de apostador y borracho. Su mirada buscó la luz entrante por la ventana, y por esa misma luz escapó al pasado, semivacío.

«Luz Marina, ven que te cuento». Le dijo ella a la prima, que estaba de visita un domingo de Ramos. «Aprendí a tirar las cartas». «¿Aprendiste con quién?» «Con la señora que vive frente al parquecito, Doña Dolores». «¿Con Mamalola, la mujer de Lucio?» «Con ella misma». «Tíramela», dijo Luz Marina, «Quiero saber mi futuro».

—Empecé con la prima Luz. ¿La recuerdas? —comentó Fermina con la voz partida en ronquidos.

—Sí, recuerdo que murió unos días después de la visita —Belén se puso pálida y acercó su cara a Fermina—. Nunca me dijiste que la prima Luz pronto moriría, que le habías adivinado la muerte. ¡Oh!, por Dios Santo. —cruzó dos dedos en los labios—. ¡Por esta, que me lo imaginé!

—Tú no te lo imaginaste, tú sabías.

—¿Qué dices?

—Eso que oíste. Desde entonces me asaltó la duda si tú tenías el don.

—El don. Triste eso, de saber cuándo morirás. Yo no quiero enterarme nunca de tu muerte, ni sospecharlo siquiera. —dijo Belén alejándose de lo que había dicho la hermana, y preguntó: ¿Por qué me tiraste las cartas?

—Hablando de eso —atajó Fermina, como siempre—, ¿hoy tenemos algún cliente?

—Alguien muy especial —dijo Belén con satisfacción, mirándose las uñas acabadas, roídas por las dentadas furiosas de los años.

—¿Qué dices? —Protestó la maga, que había dejado de mirar a su hermana para encender un tabaco y echarle humo a Pánfilo.

—Que hoy viene alguien especial —desgañitó.

—No me grites, que no soy sorda.

—¿Te afeito? —preguntó Belén, más calmada.

—¿Queeé?

—¿Que si te afeito, coño? Con una semana más te vas a parecer al abuelo Remigio cuando andaba alzado en los montes persiguiendo la libertad de Cuba.

—Si quieres —dijo Fermina con apatía.

—A propósito, hay que poner una tranca en la puerta. Dice Enriche que es sencillo, dos herraduras y un palo al travieso.

—Nunca se cerró esa puerta a ninguna hora del día o la noche, desde los abuelos de nuestros abuelos —alegó Fermina.

—Sí, ya se —cortó Belén—, para que cualquier necesitado pasara con los permisos de Dios y la Virgen. Con un taburete sujetándola contra el viento bastaba y sobraba. Pero no son tiempos del alcalde Primo Ruiz, cuando Mayarí parecía flotar en las nubes.

—Haz lo que te dé la gana, total tú siempre ganas —se ablandó Fermina.

Cuando el barrio se enteró de que los carnavales habían sido suspendidos por los fueros militares, el luto resultó doble. La tristeza mostró su peor cara de rabia e impotencia. Justo cuando se lograba incluirlos, por vez primera, en la premiación a la mejor calle adornada en todo el pueblo, la guerra civil comenzaba a sentirse con rigor. El toque de queda, a las seis de la tarde, imposibilitaba la fiesta carnavalesca, sobre todo porque amparados en los disfraces y las máscaras, los rebeldes andarían mezclados entre la gente, aunque por la peste a monte les sería engorroso tal maniobra; aun así, los que pertenecían al grupo clandestino aprovecharían para salir escondidos tras los trapos vistosos y nadie estaba seguro si pondrían una bomba o ajusticiarían a otro militar para quitarle el arma, mientras ponían en riesgo la vida de los civiles. Esta fue la justificación oficial.

La cuadra quedó engalanada de azules, como novia abandonada en el altar, hasta que los fuertes aguaceros de mayo con sus ventarrones hicieran ripios las banderitas, y los cordeles y las pencas fueran víctimas de los ataques infantiles. La calle que le robó los colores al cielo volvería a ser la calle de la funeraria o, en el peor de los casos, una calle sin nombre.

***

Me acerqué a la casa de las adivinaciones y toqué con intenciones de no escandalizar. Belén abrió con su cara de festejos.

—Buenas, mi amor, pasa adelante —dijo carantoña.

Pasé.

Una vez adentro, pendiendo mis piernas en el sofá, revisé toda la sala con inquietud. Una galería de difuntos adornaba las paredes, solo difuntos, y cada uno tenía debajo un búcaro ámbar con manojitos de flores distintas. El enorme cuadro de Jesucristo, sin cristal, me miraba atento, como si me brindara su corazón que le salía del pecho. Belén me llevó de la mano en presencia de la fabulosa Fermina.

—Llegó tu mejor cliente —dijo contenta, con el busto hundido a punto de desaparecer.

—¿Cómo te llamas? —me preguntó la maga.

—Jota —contesté con prontitud.

—¿Vienes a tirarte las cartas? ¿Para qué quiere un niño saber el futuro si nada más verte se sabe que será bonito? Porque los niños son la esperanza del mundo. ¿Sabes quién dijo eso?

—Yo vengo a preguntarle algo y entregarle un papel —dije resuelto.

—Ah, sí. Bueno, pregunta.

—Me dijo mi mamá que le preguntara su nombre, qué hace, su familia, su trabajo. Yo voy a escribir de ustedes, cuando sea grande. Yo voy a ser escritor.

Fermina no dejaba de asombrarse, solo atinó a preguntarme.

—¿Quién me dijiste que era tu mamá?

—Fela —respondí.

—¿Fela? *Cucha* eso, Pánfilo —se viró hacia el difunto que me miraba—. Un niño escritor, y tú nada más te dedicaste a tragar aguardiente. ¡Belén! Mira a quien tenemos aquí, al hijo de Fela, la que vivía frente

165

al parquecito Tamayo. No lo puedo creer, tan grande ya. Dice que será escritor de libros. Entra Belén, tráele una limonada.

Belén entró. En sus manos traía una taza de café que no humeaba. Supuse que estaría tan frío como el retrato de Pánfilo. En ese momento se dio cuenta que yo probablemente no tomara café. No supo qué hacer. Fermina la sacó del apuro.

—Dámelo —dijo autoritaria.

—¿Qué edad tienes? ¿Qué vas a escribir? —me preguntó—. Háblame alto, que soy sorda —recalcó.

—Nueve años. Dice mi mamá que tengo que escribir sobre la calle techada de azul, de toda la gente que vive aquí.

—¡Qué lindo gesto! —exclamó Belén—. Al menos tendremos algo interesante en nuestras vidas, aunque sea después de muertos.

—Cállate, Belén —la regañó Fermina—. Es un niño. ¿Cómo vas a hablarle de cosas que él no entiende? A ver, hijo, ¿por dónde empezamos? Ya sé, veamos las cartas, ellas nos dirán todo sobre el libro.

—¿Por qué no comenzamos por el nombre de la calle? —sugerí.

—No tiene ninguno —alegó Fermina.

—Sí lo tiene —dije—. Azul.

—Bueno sí —rio Belén—, en verdad no lo tiene, solo que la llamamos así, pero nada oficial.

—Muy bien, Azul, entonces comencemos —dijo Fermina, quien nunca estuvo de acuerdo con el color.

La maga fue destapando cartas, descifrando arcanos irreales, un mundo inventado por su mente creativa, detallista —eso me decía mi mamá—. Belén se entusiasmaba con ella, explicaba con alegría fantasiosa y reíamos todos juntos. Fue una jornada de trabajo festiva, provechosa.

Calle Azul sería mucho más que un nombre pasajero. Sus habitantes serían recordados, vivirían para siempre, por supuesto, después que la mayoría de los vecinos dejaran de estar en ella, físicamente poblándola, pero vivirían por una eternidad en la memoria de un libro, eso significaba, sencilla y llanamente, la resurrección eterna.

Belén se fijó en mis manos cerradas y recordó el encargo que les anunciara.

—Traías un papel.

—Este —dije y mostré el sobre de Rafael Malasangre, estrujado como un trapo.

Las dos mujeres, confundidas y horrorizadas no hacían otra cosa que permanecer aleladas, como si temieran que una sabandija saltara para degollarlas. Fermina tuvo el aplomo de hablarme:

—Ponlo junto con él —señaló al difunto esposo.

Obedecí. Pánfilo me devolvió una sonrisa.

—Adiós —dije, y me marché.

Ninguna de las dos tuvo coraje de preguntarme alguna cosa cuerda acerca de aquella reaparición indeseada. Mi mamá me había advertido: «El sobre tiene sus enigmas para silenciar a cualquiera que atestiguara». Las dos enmudecieron y permanecerían así, oliendo el gas mefítico del sobre desastrado por espacio de un tiempo nunca medido, que yo supiera. Seguramente que acomodaron sus cuerpos en las camas y hubo momentos que dejaron de respirar.

Pasaron dos días completos como si no hubiera quien habitara la casa de los augurios. Hasta los difuntos, advertiría Belén, se recogieron pesarosos.

Era una calle sin nombre que a partir de entonces conseguiría uno sin que votaran por ello en alguna sesión aburrida del Ayuntamiento los veintiún concejales municipales.

Una vez, en el pasado, quisieron nombrarla una flor. Luego se puso de moda los nombres de generales de la guerra. Ya antes, en 1919, Mario García Menocal, Presidente de la República de Cuba, dispuso por decreto que, en cada pueblo de Cuba, una de sus calles llevara el nombre del «Padre de la patria», Carlos Manuel de Céspedes; entonces, se lo pusieron a la calle de Atrás, también llamada «callejón de Tortosa», pero como holguineros, al fin y al cabo, dieron con el nombre adecuado para renombrarla patrióticamente hablando, en una reunión de los concejales, en 1923, donde uno de ellos dijo:

—¡Calixto García!

—¿Y eso?

—Coño, porque peleó en la guerra.

—Juan Pastor Sánchez, hermano de Mateo, también peleó en las tres guerras y es del patio y lo hemos olvidado.

—Yo digo que Calixto.

Así lo aceptaron y anunciaron los del Gobierno, pero no cuajaba en la mente de los vecinos a pesar de todo. Otro propuso, fuera de la época de marras, que le viniera bien «Calle de la Funeraria», pero era un nombre vulgar, antipatriótico, de manera que, aprobado por la gente, así le decían por lo bajo, sin que fuera oficial. Cuando llegó mi juventud, recuerdo que de tal forma la llamábamos en incontables ocasiones, pero alguien, nunca se supo quién, acertó con la aprobación tácita de los vecinos y, la nombraron, sobre todo en épocas de fiestas: «Calle Azul».

La calle sin techo azul

Triunfaron los *maumaus* sobre los *casquitos*. Pasaron algunos meses con el riesgo de rebosantes pasiones acumuladas en la gente, aunque alejándose de aquellos primeros, complicados, que lograron superar gracias a la capacidad de la memoria para olvidar, y porque la propaganda alentadora —del Gobierno triunfante— de que la vida cambiaría a partir de entonces, los llenó de ilusiones. Los carnavales se reiniciarían, para mayo —una promesa alentadora de la nueva República— y la calle volvería a engalanarse de azul, aunque ya no sería lo mismo. Fueron meses nefastos que malvivieron Fermina y Belén apenas subsistían con la miseria de una pensión conseguida a duras penas, gracias al difunto, que alguna vez trabajó para acumular el retiro, y unos pesos conseguidos con los túrbidos augurios de las barajas arruinadas, disminuida su capacidad de visualizar el mañana con claridad. Solo el sobre de Rafael Malasangre, encerrado en una lata de galletas, oxidada, que a Belén se le ocurrió por aquella historia de Aladino, solo el sobre, dejaría de disfrutar o sufrir —no se sabría la bendita diferencia— aquellos meses malos del inicio de la nueva República.

Transcurrieron, imprecisos, los días, con desanimadas e interminables horas. Una tarde igual a todas las tardes, Belén se acercó a la hermana mayor quien llevaba mucho tiempo sin abandonar el recinto carcelario. El olor a chinches comenzaba a sentirse en la sangre seca pegada en el mosquitero. El polvo que se_convertiría en irrespetuoso y se haría perpetuo en el lóbrego cuartucho que se sumiría en un obsceno abandono. Fermina tenía la vista pegada al cielorraso. Belén la miraba apática y advirtió con espanto que estaba sola, junto a ella, pero sola, porque cuando Fermina quedaba muda y mirando a la nada no estaba pensando ni dormida, ella no pensaba en nada en esos instantes, se quedaba muerta, tal vez respiraba pero estaba como muerta. Carraspeó fuerte con su garganta casi por fuera del pescuezo de tendones tensos que soportaban los escombros de su cabeza despeinada. La vieja adivinadora regresó a la vida con un sobresalto.

—¿Qué quieres?

Belén le entregó su buchito de café y dijo:

—Infusión de crisis.

Era una mezcolanza de chícharos con algunos granos de café conseguidos a duras penas.

—Sabes una cosa —añadió Belén—, hoy tengo diez años más que ayer, me los siento en la vista; no veo que amanece igual, no se oculta el sol como antes, la calle ya no es la misma; los vecinos tampoco.

—O están muertos o locos o escaparon a otro mundo distante —dijo Fermina.

—Ya nadie se muere en este pueblo —reflexionó Belén.

—¿Cómo lo sabes?

—No oigo las campanas.

—No debería anunciarse la desgracia.

—¿Cómo sabremos de los muertos?

—Cada uno que llore al suyo, sin anuncios.

—¿Qué dicen las cartas? —preguntó Belén para cambiar de tema.

—Tráeme el sobre —fue la respuesta de Fermina.

—¿Para qué quieres esa maldita cosa? ¿Cómo pudo traerlo aquel niño inocente si yo misma lo metí en la caja?

—Al carapacho del Pandereta ese le salió patas.

—¿Insinúas acaso que el sobre camina?

—Camina, sí, camina. Camina junto a los difuntos, vuela con los murciélagos, se mete adentro de nuestras tripas, carajo. Y ahora tráemelo.

—¿Ahora mismo?

—Ahora —respondió Fermina envuelta en humo de tabaco apestoso.

Un rato después Belén traía, triunfal, el sobre sucio y lastimado, pero cerrado. El sobre mantenía, al menos para Belén, la virginidad de su secreto, como una promesa irrompible semejante al noviazgo de los Tejerino. En realidad, después de que el niño se lo devolviera, por obra de un milagro o malignidad, Fermina finalmente lo entregó al Negro. Hacía mucho tiempo que Belén lo había rescatado del inocente loco guardián, y cuando sucedió, el pobre se deshizo del paquete como a quien le sacuden un alacrán. El negro lo guarecía de las miradas ajenas embolsado en una media ripiosa, amarrada al cinto y doblada al interior de sus braguetas, tal y como Fermina le indicara. Las sudoraciones y la mala higiene hicieron de él una cosa deleznable.

Todo el tiempo que el negro escondió el sobre dentro de su cuerpo enjuto, sufrió pesadillas infinitas y dolores en sus piernas de corredor. Se comportaba violento y las tareas cotidianas eran un desastre. El Negro, en su mundo desubicado, recordó el consejo de la hermana Fila cuando le advirtió que no recibiera ningún encargo de la bruja del barrio ni bebiera cosa alguna ni comiera ningún alimento, so pena de que estuvieran embrujados y le causaran mal. Apocado por naturaleza, al miedo natural que sentía el negro por la gente —porque, como los caballos, su visión agigantaba al hombre— le creció el apéndice dañino de los malos espíritus, y llegó a sentir en su cuerpo las consecuencias de llevar consigo aquel endiablado papel.

Belén lo sacó de aquella condenación de dolencias y mala obra. Se lo mostró a Fermina, quien protestó por tal maniobra y luego le pidió que lo guardara lejos de su vista. A partir de entonces, ella lo conservó intacto bajo el colchón de su cama centenaria, en donde sus abuelos y sus padres dejaron constancia de la vieja costumbre de multiplicar la raza que finalmente moriría con ellas. Desde que lo dejara allí, sus pesadillas fueron recurrentes. Una picazón insoportable, de alimañas que soplan y muerden en

174

las noches, no la dejaban quieta. Al amanecer registraba centímetro a centímetro los ajuares caseros, donde seguramente quedarían rastros de aquellos bichos inmundos, pero no, no había señales de ellos. El sobre con seguridad estaba embrujado. Ella lo sentía crecer bajo el colchón y desinflarse cuando lo destapaba de vez en vez. Siempre que intentaba invadir su intimidad de palabras desconocidas, sucedía alguna cosa que le impedía robarle el alma de Rafael hecha letras. Así vivió muchos meses hasta que la costumbre, esa forma vana de morir lentamente en vida, la hizo soportar cualquier variedad de encantamiento que la mantenían insoportablemente espabilada. Por eso, no dormía ya en su cama, había preparado una hamaca pegada al rincón y en ella abandonaba su esqueleto que desaparecía con la magia de un doblez. Y fue entonces que se le ocurrió lo de la lata.

Apenas escuchó el pedido, resurgió en Belén la contentura marchita. Soplándose la nariz lacerada, inmune a la pestilencia, olvidadiza de los primeros olores de la tierra cuando cae la lluvia, que tantas veces la complacieron en el pasado, le entregó el sobre a la hermana como en un rito pagano, y ahí mismo le revivió el cuerpo desnutrido y quiso retomar la conversación. Preguntó:

—¿Qué dicen los arcanos?

—Las malditas cartas se empeñan en no decir nada. Perdieron la lengua. Hoy estuve tratando de tirármelas a mí misma.

—¿Qué te dijeron? —preguntó Belén por seguirle la corriente.

—Nada —contestó Fermina, abatida.

—El reloj del Ayuntamiento se lo robaron —dijo Belén.

—¿Qué comenta la gente?

—Anda sobrando el silencio —contestó Belén.

—Lo de siempre.

Belén trataba de cambiar de tema con una noticia verdaderamente alarmante, y falseando un poco la verdad para iniciar una discusión con la hermana, discusión fraternal que siempre las mantuvo alertas y ejercitadas. Como supuso que Fermina no le interesaría el asunto, entonces soltó lo que sabía:

—Bueno, dicen las malas lenguas que un policía llamado Beltrán dio la orden para que lo desmantelaran, y en pedazos se lo llevaron no se sabe adónde. ¡Qué barbaridad! ¿A dónde vamos a parar? Ahorita se llevan la estatua del General o les cambian el nombre a las calles o a todo lo que siempre existió sobre las tierras de este pueblo condenado por la mala suerte.

Belén miró a su hermana, esta se había quedado dormida tranquilamente. Parecía cadáver, con sus ojos verdes apagados, sin el brillo del encantamiento. Belén sintió el espanto de la vejez que las rondaba. La cubrió con una colcha gruesa. Dos meses atrás, le había confesado el frío intenso que le subía de los pies a la cabeza, como si la muerte quisiera llevársela hecha un durofrío al Infierno, según sus propias palabras. Belén rezaba dos horas al día, implorando por el perdón de los pecados que hubiera cometido su hermana, que eran en cúmulo, pero excusables; los pecados de ella, en cambio, envejecieron y ya no era posible encontrarle un lunar, un churre, una deshonra. El tiempo fue testigo de que mantenerse intacta fue una variedad infame de suicidio, que antes de que los ojos de sus ancestros la miraran como difuntos ella debió desbravar su cuerpo, depravarse en un beso aventurado, consumar las silvestres ganas de tiznarse el alma con aquel negro basto al que le hubiera entregado —después de joder el linaje y que no le quedara nada más por entregar— hasta la vida.

Aquellas dos hileras de casas agrupadas gracias a todo lo interesante y humano que las habitaron alguna vez, eran esqueletos de madera que perdían los encantos campechanos. Los inclementes meses sin mantenimiento adecuado las convirtieron en ruinas arqueológicas, las paredes descacarañadas, la parte baja exterior podrida, los techos herrumbrosos y salpicados de parches.

Los escasos residentes de aquella generación de azul olvidaron sus buenos oficios de vecindad. Después de tantos años, tomando como punto de partida el día en que desapareció Ciprianolenso, la casa misteriosa dejó de existir en la memoria de todos. Los Malasangre sufrieron el más mayaricero de los castigos: el olvido.

Esta palabra, "olvido", resonaba en la mente de Belén como un eco lejano y amenazante. No podía dejar de pensar en ello, como si intuyera que era una fuerza capaz de borrar no solo recuerdos, sino la esencia misma de las personas y los lugares.

—¿Qué es el olvido? —preguntaba Belén a cada rato, con una insistencia que rayaba en la obsesión.

Fermina, exasperada pero paciente, respondía cada vez con una mezcla de irritación y sabiduría:

—¿Tú no lo sabes? Tú, que a veces me traes el café frío que parece colado por el tío en España y traído en carabelas por la mar océano, no lo sabes. —Su voz tenía un tono de reproche cariñoso, como si quisiera sacudir a su hermana de su aparente ingenuidad.

—No lo sabes, por eso embarajas. —replicó Belén, defendiéndose con una palabra local que significaba confundir o mezclar las cosas.

Fermina suspiró, preparándose para explicar una vez más:

—Lo sé, y te lo digo: el olvido es un bicho que come memoria. Se alimenta del desinterés y de las pocas ganas de hacer. No tiene otra cosa que comer ideas, sentimientos, recuerdos. —Hizo una pausa, como si visualizara a este "bicho" devorando los recuerdos del pueblo—. Es como una plaga que se extiende sin que nos demos cuenta, hasta que un día despertamos y no reconocemos ni nuestro propio reflejo.

Los ojos de Belén se abrieron con una mezcla de comprensión y horror:

—¡Coño, chica, entonces, ese bicho está acabando en el pueblo!

—Ya lo creo. —asintió Fermina con pesar—. Pero ya lo dijo el niño de Fela. —añadió, con un destello de esperanza en su voz.

—¿Qué dijo? —preguntó Belén, intrigada por esta nueva información.

—Que escribiría. Es la memoria llevada al papel. El bicho no come papel. —Fermina sonrió levemente—. La escritura es como un escudo contra el olvido, una forma de preservar lo que somos y lo que hemos vivido. Mientras alguien escriba nuestra historia, una parte de nosotros vivirá para siempre.

Belén asintió lentamente, comprendiendo por fin la importancia de recordar y de contar historias. El olvido podría ser un bicho voraz, pero la palabra escrita era un arma poderosa contra él.

Pero el sobre que dejaron en manos de Fermina, nadie lo pudo olvidar y este conseguía, hora tras hora, dañar el vecindario y, principalmente, a las dos hermanas.

Ellas necesitaban un acontecimiento que no fuera dañino, que las sacara de aquel infierno de dudas y mala vida, que las liberara de los duendes que habitaban el sobre. ¿Qué debía suceder para lograr esa liberación? Fermina solicitó, airada, la destrucción del sobre desventurado pidió a los arcanos un cambio de vida, a Dios, un milagro palpable… ¿Oyeron el reclamo de Fermina los duendes que habitaban las barajas?

Secretos, mentiras y un peo legendario

Como si ocupara una vacante en un templo de adoración mundano, en el mismo barrio que alguna vez tuvo razones para un despertar tempranero, cuando la esperanza lejana, pero alcanzable, no los abandonaba y sus días de gloria empapelada de azul, los llenó de alegría, para luego caer como en un precipicio desolador, apareció un hombre que promulgó que lo cambiaría todo. Se nombraba Escipión, hijo inesperado de Chumba, quien lo parió muchos años atrás mientras se bañaba desnuda en el arroyo, contiguo al bohío que habitaba sola, porque no tenía la más mínima idea de cómo carajo se paría una criatura ni tenía forma de saber que ya se habían agotado los nueve meses de llevarlo en el vientre. Cuando sintió que se orinaba, cerró los ojos al placer y un dolor de tripas la llevó al plato de potaje de frijoles negros y a maldecir la hora que los tragó. El dolor salía de su cuerpo en un desgarramiento, quebrantando sus huesos en una avalancha y al mirar aterrada las manchas disueltas de remolacha, descubrió ante ella un lagarto feo de ojos apretados que al soltar un grito en busca de aire y que enseguida nadó buscando dónde pegar la boca hambrienta y encontró el pezón henchido y chupó con desatinadas y odiosas mordidas la ubre bienhechora, entonces, aún sorprendida, reconoció que era suyo aquel gusarapo blancuzco y porque sintió el jalón de ancla del ombligo que lo unía a su cuerpo bajo la barriga desinflada.

Parió Chumba como si defecara en las aguas mansas del arroyo Guayabo, su primer y único hijo, fruto de su entrega a un amor traicionero y fugaz. Tuvo un varón sano que, convertido en hombre entero y triunfador, libre de la patria potestad desde los quince decidió viajar al extranjero y conocer mundos. Gozaba el afortunado mulato de dos madres, la Chumba primeriza que lo amamantó unos meses, y la otra, la que se hizo cargo del paquete con nombre José María, una pariente lejana, residente en La Habana, recién parida y de paso; solamente dos madres. Una real, desapegada y bruja; otra postiza ideal y buena. Nació huérfano del progenitor, no tan desconocido, pues Chumba se agregaba a la lista de mujeres que caían poseídas por uno de los hombres más sinvergüenzas del pueblo, el joven bohemio Pánfilo del Riego.

Escipión, una vez enterado de su origen violento pero venturoso, viajó a San Gregorio de Mayarí Abajo con la resolución firme y el proyecto compartido entre: conocer a su verdadera madre y la ambición del lucro. Adquirió un nombre de macho, profesional: Escipión. Aquel otro, José María, lo dejó en La Habana. En el semblante de guerrero amalgamado se insinuaban unos bigotitos dibujados a lápiz, párpados románticos intentando cubrir ojos achinados y abismales en el cuerpo esculpido en un solo trozo de piedra dura, conseguido con ejercicios severos que fueron desgarrando lo sobrante —como se talla el mármol— surgieron estas formas esculturales y perfectas tapadoras de los defectos que, con seguridad traía pegado a la fama de su cintura. Escipión, primera causa de que Fermina y Chumba fueran el vinagre y el aceite, y que aquella apodó *el Africano*, fue la novedad noticiosa y hasta cierto punto alentadora, en la Calle Azul.

La gente quería verlo, tocarlo y tirarse las cartas con él, sobre todo las mujeres solteras, viudas, casadas y en remojo, pues el mulato macizo, con su porte de general de ejércitos invencibles y la hidalguía de un príncipe, regalaba la imagen falsa o genuina de compactarse en él, hombre total, los atributos que lo acercaban a un coloso, un amante semibárbaro, un trasgresor de códigos, violador de alcobas con dueños, un bien dotado y, por añadidura, gentil palabrero. Los hombres lo odiaron y envidiaron a la vez, y como si santiguaran sus manos con albahaca o rompezaragüelles, se acercaban deseosos de tocarlo, a ver qué se pegaba. Los vecinos veían una oportunidad de cambios, pues en verdad estaban cansados de lo mismo: los ojos verdes de Fermina, la misma suerte de misterios, la misma situación insolvente en sus vidas empeñadas. Escipión mostraba con su cuerpo granítico la propaganda de un renacer hermoso. Alguien gritó en plena calle una apócrifa frase, que más tarde supieron todos que fue pensada y sugerida por Chumba. La gritó un viernes, para dejar constancia de su volumen inmenso en un día tremendo:

—¡Jesucristo, mi gente! ¡Ha bajado del cielo Jesucristo!

Belén tapó sus oídos delicados con el disgusto de sentirse perdida y fatua; Fermina odió al que creía vástago infame de su difunto amado; asimismo, presagió malos momentos para ambas, y como su ego le indicara calma para el contraataque, esperó paciente soportando la humillación de verse relegada a la basura del desempleo. A partir de entonces sus vidas fueron de mal en peor, nadie las visitaba excepto el enano Figurín, Mingo el zapatero y Maravilla el joyero, un inválido con cara de infeliz vendedor y olor a *guarfarina* que correteaba las calles del pueblo, en una silla de ruedas, tratando de vender *chucherías* que él llamaba «maravillas».

Chumba, la madre de Escipión —el nuevo tirador de cartas— la bruja, jefa de la cuadra, con ojos saltones de cocodrilo, oídos escuchadores, de la misma manera insana o correcta que tuvieron los otros vecinos, se enteró tempranamente del sobre de Rafael. Quizás una de las pistas fuera el negro de Argentina, que en sus andanzas de mandadero diligente se tropezó con ella y vomitó lo que pobremente sabía del asunto: «Un sobre que le dio Fermina y él escondió en su parte delantera, dijo, le causaba comezón». Chumba averiguó más. Recordó su entrevista con el cabo desertor, con aquel sobre misterioso. Sumergida en dudas y aciertos le contó a su hijo los pormenores y, entre ellos, la posibilidad de confirmar los rumores del sitio del tesoro en el parquecito Tamayo, que fuera revelado por los Malasangre. Aguijoneada por su hijo, decidió ir al encuentro del papel contenedor de una posible confesión escrita. «El sobre sería público porque así lo dictaban las leyes del hombre nuevo», se dijo.

Una tarde ardiente, la jefa del barrio, quien caminaba oronda, pues un cartel clavado a la entrada de su vivienda, con solo tres letras rojas que indicaba una organización comunal, intimidaba a todos y a ella la convertía en dueña de la Calle Azul y le otorgaba un excesivo poder dentro del vecindario, decidida a la confrontación, brincó a la trinchera opuesta luego de anunciar su visita con el Negro, mensajero neutral, para protegerse de los murmullos y tapar sus verdaderas intenciones. Tocó a la puerta, envalentonada por el cargo y los eventos a su favor.

—¡Qué sorpresa! —exclamó Belén con delicada ironía.

—Yo sé que no soy bienvenida —dijo Chumba—. Vengo a hacer las paces, en nombre del pueblo de Cuba.

Belén no entendió el saludo patriótico, se limitó a ser cortés, a pesar de todo, porque ella había sido educada en un colegio católico y en el seno de una familia con tradiciones cívicas.

—Pasa —dijo a secas.

Una vez dentro, Chumba se sintió protegida de las miradas curiosas, y algo más sintió, como si visitara un templo espiritual, en donde los fantasmas tropezaban unos con otros. Pero el sobre bien valía los riesgos.

—Adelante, te estaba esperando —dijo Fermina.

Chumba se estremeció. Aunque estaba acostumbrada a los olores que hieren, a yerbas medicinales, a los indicios de brujería cuando derrite la cera, a la hediondez del tabaco vencido y a las aguas estancadas, la grosería del ambiente le entumeció el cuerpo. De frente la miraba Pánfilo, el hombre que le tendiera una trampa amorosa, con sus ojos de chino obsceno, con la sonrisa adúltera. En ese momento comprendió por qué no debió cruzar la frontera, y se arrepintió demasiado tarde. Fermina, encamada, envuelta en un vaho de misterios sin revelar, flotando en un ambiente que se hacía irrespirable, le notó el sobresalto.

—¿Qué…? ¿Hueles azufre?

—Vengo en son de paz. ¿Puedes atenderme?

—¿Te digo todo lo que dicen las cartas? —preguntó la maga con malicia.

—Todo.

—Y si tu hijo bastardo sabe más que yo… ¿por qué vienes a mí?

—Tú bien sabes que no es lo mismo, la sangre tapa las visiones.

—Bien, en ese caso aguántate que la cosa está mala para ti —advirtió Fermina y agitó la cola de serpiente cascabel de su brazo.

La morena Chumba, echadora de maleficios y extirpadora de encantos; la madre del Rey de las Cartas, Escipión; carcelera de la opinión y experta en indagaciones, buscó impaciente alguna figura blanca y lisa que se pareciera a un sobre, y no encontró sino los verdes luceros encantados que la penetraban rebuscadores, los ojos de Fermina, capaces de anestesiarla y hacerle una disección.

La cara de Fermina, tantos días sin rasurar, con el desaliño del yerro, daba la certeza de una mendicidad a prueba de reproches. Aun así, las cartas se desenvolvieron sin tropiezos. Fueron de una a otra mano faltándoles los apuros de antaño, regodeándose con sus pases, sintiendo que debía dilatar los arcanos con el ánimo de molestar al cliente.

Chumba se impacientaba con las barajadas repetidas y que ella sabía innecesaria. La maga disfrutaba su tardanza, y de pronto lanzó el número con su símbolo. Al destape de la carta apareció la Luna, con el secreto de tres animales. La maga se sintió complacida. Si aquella baraja no se presentaba, después de tanto manoseo, ella la hubiera sacado de todas formas como el mago saca al conejo del sombrero, estaba preparada para el embuste, el desquite. Sacaría de adentro toda la miseria humana que la roía.

—No te me asustes —dijo con la voz ronca, recóndita—, pero desde las profundidades infernales suben los vapores del miedo. ¿A qué le tienes miedo?

—A nada —dijo Chumba resuelta.

—Te revolcaste con Pánfilo, cabrona, y como si no fuera suficiente también lo hiciste con Ciprianolenso.

La maga metía sus ojitos verdes, achicados, muy dentro de Chumba, la santera contrincante, enganchada en las redes del oscurantismo y la política.

—¡Fermina, por favor! —dijo Chumba, alarmada y amenazante—. Vete a ver cómo me tratas. Estoy muy vieja para esto.

—Recuerda que no soy yo, las cartas hablan. Si quieres, paramos.

—Sigue —dijo Chumba.

De repente juzgó que nada superior a esos disparates del pasado podría adivinarle ya, que no fuera su tardío arrepentimiento de caer en las manos del primer amorío y los deseos malsanos de que no apareciera nunca con vida el segundo, personaje causante de su peor comportamiento. Y otra cosa pensó, los motivos reales que la habían empujado a cruzar la calle: obtener el sobre misterioso de Rafael que tanto ansiaba su hijo Escipión.

—Los perros se juntan con los lobos —continuó la maga—, te comen, y luego mueren retorciéndose con la ponzoña de tu carne.

Chumba pensó que no se merecía esas patadas en su trasero. No obstante tener bien planeada su visita, picada por la curiosidad del sobre, protestó por el uso de palabras ultrajantes.

—Deja de insultarme. Concéntrate en mi futuro.

—Entrometida, confianzuda, embustera. Mientras saboreas el café de los vecinos, y pides cigarros, ojeas sus costumbres, enterándote de todo, y luego, campante, lo usas para tus enredos.

—Te estás metiendo en camisa de once varas, Fermina —dijo Chumba, con ganas reales de salir de allí a toda carrera.

—Son tus miedos enfermizos —continuó la maga—, que te hicieron mentir, levantar falsos testimonios, y decir cosas calumniosas.

—Yo soy una mujer que actúa de buena fe, que represento los intereses del barrio, no como tú, que guardas un papel que no es tuyo, que le pertenece a la Policía, al pueblo. —dijo Chumba decidida a sitiar la fortaleza para luego escalarla.

Fermina no entendió el mensaje de aquellas flechas envenenadas, luego sintió que le pinchaban los ojos. Sin que ella lograra entender por qué, la bruja Chumba, que sabía lo del sobre, se atrevía a la amenaza. El secreto sería público, más allá de la Calle Azul, y ella juzgada por esconder evidencias. Pensó bien la respuesta durante unos segundos interminables, en los que creyó sufrir los clavos de Cristo en sus manos. Al fin se tiró a fondo, como solo ella sabía.

—¿Quieres saber lo que dice el sobre?

—Ya lo creo —dijo Chumba triunfalista.

Fermina se colocó un guante de estambre en la mano derecha, abrió la gaveta, revolvió adentro sin mirar, y extrajo el sobre doblado que colocó en las manos chamuscadas de la negra bruja

—Aquí lo tienes, pero guárdalo rápido, no es conveniente que Belén se entere —Belén, embutida en su rincón, sintió un alivio liberador.

Chumba no dudó ni un segundo. Metió el sobre en sus senos, contenta por la conquista fácil del adversario, y aunque al instante sintió un fuerte dolor en el pecho, como si la mordieran por dentro perros rabiosos, le indicó a la maga que prosiguiera. Fermina lamentó no haberse apartado del paquete mucho antes. Advirtió en sus manos un alivio tonificante. Destapó varias cartas, unas cubrían ligeramente a otras. Al cabo de unos segundos arremetió con furia.

—Aquí dice clarito que eres una chismosa, una experta en chivatería.

—Diles a tus cartas que me respeten —protestó Chumba mientras se ponía de pie.

En realidad, estaba asustada, no sabía cómo salir airosa de aquella trampa que le había tendido a su rival, y necesitaba tiempo para pensar en cómo irse ilesa, con el sobre confesor como recompensa. Retornó a su asiento y acercó lo más que pudo su cabeza llena de artimañas al cuerpo tumbado de Fermina con la finalidad de intimidarla, de sacarle ventaja. Había sido siempre la maniobra ofensiva: deformar su imagen de manera que causara turbación en los incautos clientes.

—Sigue —le ordenó, aparentando serenidad, aunque el papel le quemaba como si se hubiera tragado un tizón—. Pero te conviene no hablar más basura. Si vas a seguir con lo mismo, mejor te callas.

Fermina se ladeó. Un olor incómodo, a berenjena cultivada en el Infierno, a pantano de costa, fue esparciéndose en el cuarto como nube invisible, una explosión silente, descompuesta. Chumba saltó enfurecida.

—¡Me cago en la madre que te parió! ¡Fermina, acabas de tirarte un peo en mi cara!

Fermina y Pánfilo toparon sus cabezas en una risa incontenible. Belén se retorció en el escondite, se embutió un trozo de cortina en la boca a punto de la detonación. Chumba salió con el diablo espoleándole los ijares. Al traspasar la puerta poco faltó para que derribara a la hermana espía. Salió a la calle con la peluca colgando, hablando barbaridades de ellas y de la raza humana. Injurió y blasfemó en una lengua desconocida por todos los vecinos que salieron alarmados con intenciones de apaciguarla. Levantó la mano y mostró el sobre, un arma secreta y letal a punto de abrirse en público y soltar lo que guardaba. Con el sobre, por encima de su cabeza enmarañada, amenazó a la maga Fermina:

—Te arrepentirás, aquí tengo la prueba —dijo, y elevó al Infierno invertido una maldición que deseaba fuera maliciosamente profética—. ¡Ojalá te ahogues con la peste de tu cuerpo podrido!

El falso adivino y el plan de las hermanas

Escipión era un hombre con suerte. No pudo extraerle al sobre ninguna información, pero a partir del día que Chumba lo mantuvo en custodia con la alternativa de que, si lo abriese o no, soñaba todas las noches con el tesoro y eso lo persuadió de que no era necesario desgarrarle el sello.

—He decidido entregar a las autoridades municipales el secreto del enterramiento —le dijo a su madre.

Ella se quedó perpleja. No la sorprendía nada en la vida, excepto que le dijeran palabras o mencionar hechos que no estaban registrados en su mente brujeril. Preguntó:

—¿Qué enterramiento?

—El tesoro, Chumba. El tesoro del que te hablé. A lo mejor en esa dichosa carta se explica todo.

—Tú estás loco *mijo* —brincó la bruja—, si das ese paso te preguntarán cómo lo sabes y de ahí a lo otro, al sobre, solo hay un paso.

—¿Y qué?

—No nos conviene.

—Abre el maldito sobre y veremos qué nos dice.

Chumba negó con su cabeza desgreñada:

—No se deja. No estamos preparados para eso. Mi gente, que no es como la tuya, de cartulina con figuritas, aconseja calma.

—Pero Chumba, lo tienes en tu poder, eres dueña del secreto. Si tienes miedo, dámelo, yo lo leo.

Ella negó ahora con todo su cuerpo, como si algo malo le estuviera amenazando:

—No se puede abrir hasta que se pueda abrir. Eso es todo. Respeta a los muertos, *mijo*.

—Yo sé dónde lo enterraron, en la casa del farmacéutico Alain, tú lo conociste. No puedo entrar y abrir un hueco aquí otro allá en una sola noche, en caso de que me decida entrar. Pero tengo un plan que no puede fallar.

—¿Cuál?

—Mira. Yo conocí un muchacho de Sagua de Tánamo que es pariente de un hombre que es amigo del farmacéutico allá en el Norte. ¿Me sigues? Me vino a ver para que le ayudara en lo del tesoro, que aquel del Norte se lo dijo al pariente y así sucesivamente, bueno eso es todo. Lo informo al municipio y si aceptan y lo encontramos voy con ellos a la mitad.

Chumba seguía en sus trece:

—Allá tú, te lo dije, que no se te olvide. Son otros tiempos.

El impuro tirador de cartas, embustero y desleal había venido desde La Habana detrás del supuesto tesoro. Comenzó su trabajo de anunciar los agüeros solo aceptando a mujeres. Raras veces lo

194

visitaban los hombres, a los que dejaba sin esperanzas para que no retornaran, aunque algunos insistían ya fuera para conseguir sus propósitos o solo por verlo. Y estaban los curiosos, que requerían de verlo y tocarlo para estar completamente seguros, pero estos raros especímenes, eran menos.

***

De los pormenores de estas visitas femeninas se enteraría Fermina por boca de una antigua cliente suya, que le fue relatando los pormenores y hasta se había entusiasmado con el relato a tal punto de parecer que le gustaban las sesiones espirituales del mulato:

—Él se acuesta desnudo, con aquello a un lado, de pistola que espera disparar.

—¿Cómo?

—Sí, chica. Con eso, ya sabes.

—¡Ah! Sigue.

—En esa postura empieza a tirar cartas sobre su cuerpo y a decir sandeces a troche y moche y acaba pasándole la mano a Mazzantini el torero, claro, a las que se dejan.

—¿Te dejaste?

—¡Ay, madrina! Si sé, no te cuento.

—Sigue, anda.

—Si ellas aceptan el trato, yo no lo hice, para quitarles el bilongo, terminan acostándose con él. Es un maldito mentiroso *putañero*.

Belén escuchaba, entró, por primera vez a interrumpir una consulta, abandonando su cuartel espía, y dijo lo que creía del asunto:

—Es una buena oportunidad para acabar con sus mentiras y abusos.

—¿Cómo? —preguntó Fermina.

—Difamándolo si es necesario, delante de la misma gente del barrio.

—¿Sí? ¿Y de qué manera logras convencer de que las desgraciadas que se acostaron con ese bicho o dejaron que las manosearan, confiesen sus pecados? ¿A quién se lo confiesan, al cura o a sus maridos? No me jorobes, Belén. Busca otra solución, chica.

—El sobre se encargará del asunto.

—¿El sobre? ¿Cómo?

—Hagamos un conjuro. Si es tan maligno como parece, les hará daño.

A Fermina le encantó la idea, aunque sabía que sus poderes estaban marchitos o muertos. Confiaba ahora en su hermana Belén, pero ella no quería meter manos a la magia. Se lo propuso una vez que despidiera a su cliente:

—Solo tú puedes hacerlo —dijo Fermina.

—Si es mi obligación, lo haré. Esta situación debe cesar. Pero recuerda que el maldito sobre lo tiene Chumba.

— Tenemos que recuperarlo.

— Pero ¿cómo?

— Ya se me ocurrirá algo. De todas formas, ve haciendo tu tarea sin él. Va y te escucha y nos da utilidad, aunque sea por primera vez, desde lejos.

Belén hizo su tarea, tan eficientemente, que a Fermina le temblaba la cama bajo su cuerpo de vegetal viejo en desuso y con poderes marchitos. «¿El sobre sería capaz de dañar a la distancia?», se preguntaba Fermina.

La ruleta del destino

A la semana siguiente de la reunión macabra, con el sol cerca de la cresta, mientras cuchicheaba con la luna —que ese día de bocanadas de dragón decidió volver visible su redondez—, Belén escuchó un tropel de pisadas en la calle y asomó las greñas pajizas por la ventana, luego salió al corredor. Su sorpresa la mantuvo en una pose ridícula. Ante ella una enorme y organizada cola de vecinos, pegados a las barandillas de las casas por toda la acera, hasta llegar casi a la esquina contraria del parquecito Tamayo. Tuvo suficientes razones para indagar:

—¿Qué pasa con ustedes? ¿Hay reunión del Comité? Es allá en casa de Chumba.

—Esperamos que tu hermana nos lea las cartas —dijo uno, lo secundaron otros veinte con un balanceo afirmativo de cabezas.

—No puede ser. Ella solo atiende cuatro o cinco al día —mintió Belén, quien se retiró al marco como sospechando un motín, porque bien sabía que los vecinos sabían de su crisis por culpa de Escipión y desde su llegada al barrio nadie las visitaba.

—Ve y pregúntale si nos puede atender hoy. Anda, ve y pregúntale.

Belén recordó los conjuros con el sobre, y pensó que quizás surtían efecto, que sus días de hambre pasarían al recuerdo ingrato y gozarían las horas de bonanza, de cuando ellas se atrevían a rechazar un buen plato de potaje de chícharos o la desagradable y apestosa mabinga; todos los sabores, metidos en la memoria infantil, retozaron. Retornarían los días de sazones y harturas. Traspasó la puerta y la dejó abierta completa, estaba cansada de escuchar el chillido de las bisagras. La sombra ingrávida de su cuerpo se detuvo, evitando así que continuara pisoteándose a sí misma, porque el sol quiso entrar detrás de ella a remarcar su imagen en el piso, una imagen que era el doble de la verdadera, un hilillo de tela sucia. La vista de Belén seguiría con la rutina de sus pasos hasta tropezar con las cortinas, dentro la esperaba el consuetudinario trajín de los días buenos. Así estuvo, detenida unos segundos. Para cuando decidiera continuar ya el reloj de péndulo marcaría la hora de faenar en la cocina con truenos de bronces alarmadores.

No hizo más que empujar la puerta y retumbaron los campanazos de las en punto. Fermina la esperaba con otra sorpresa.

—Que vayan pasando de uno en uno —dijo, mientras sacudía las sábanas—. Diles que los atenderé a todos, con una condición…

—¿A todos? ¿Cuál condición?

—Que les tiraré una carta por cabeza, que saldrán conformes con lo que oigan, que no comentarán con otros lo que yo les diga, que me pagarán ahora mismo la ganga de veinte centavos de plata. ¿Oyes bien?, de plata; que luego se irán y no me joderán más la existencia. Ve y díselo.

Belén pensó: «son varias condiciones». Y lo de las monedas de plata le resultó casi imposible. El Gobierno había realizado un sorpresivo canje de dinero, y la plata en monedas americanas y cubanas eran escasas o inexistentes. Quedó hechizada en la sala, bailándole en la mente, antes angustiada, una idea de prosperidad que le arrancó una risita de sobreviviente. Corrió con la noticia en su boca asombrada. Llevaba el ánimo sobre las piernas flacas de una nueva aventura. Su vida de celadora de cementerio cambiaba de vez en cuando por situaciones como aquella. La adornarían nuevamente aquellos inesperados espectáculos que la llegada de Escipión había malogrado. Arregló con los vecinos las irrestrictas demandas de Fermina que ellos la escucharon y obedecieron sin *malapalabrear* con una queja. Aunque algunos abandonaron la fila y salieron a paso doble hacia sus casas en busca de la plata exigida, la mayoría mantuvo la disciplina y los ánimos encendidos.

Pasó la primera vecina, «la primera víctima», diría Belén.

—Buenos días, Fermina —dijo la amante del enano Figurín, su ahijado, quien buscó con sus ojos de lechuza dónde sentarse, con los apuros de gravedad de quien fuera al paritorio—. Vengo por lo de mi embarazo.

—Bien. Corta las barajas. Dime una cosa: ¿Te revuelcas solamente con el enano?

La mujer estiró el cuello como buscando con qué tipo de arma la amenazaban. Levantó su ancho trasero del taburete que seguramente sintió alivio en las clavijas. Pánfilo la miraba con una sonrisa majadera.

—Coño, Fermina, esas cosas no se preguntan, yo...—titubeó con un ligero temblor de los labios y los desvergonzados ojos de lechuza en busca de comprensión.

—No me jodas, Gallega, si quieres terminamos y sanseacabó. Allá tú con tu problema.

—No, no... tuve un resbalón, sin querer —dijo la mujer con el rubor caótico del tomate, con el espanto frente al pelotón de fusilamiento. Tomó asiento.

—Bien, corta. ¿Quién te hizo resbalar y caer, Escipión *el Africano*? Corta otra vez.

—Escipión, sí, ¿cómo lo sabes?

—¡Ay, *mijaaa*! La bendita calle es tan grande que si escupo aquí en esta esquina salpico a los de la otra. Pero solo la culpa no cae al suelo, y el enano camina tan abajo que no alcanza a escuchar los rumores.

—Fue una vez. Lo juro —justificó la mujer—. Yo estaba desesperada, mi hombre siempre trabajando, yo... tú sabes... no pude aguantar cuando Escipión me puso la mano en el brazo. Me aflojé toda.

—Pues jodida estás por aflojarte, galleguita, porque te puso después otra cosa entre las piernas, prieta y fea. El niño que vas a parir saldrá *jabao* o bien atrasado. Va, y a lo mejor, como *el hijo del majá sale pinto*, hasta saca la cara de Chumba. Ya que no pudiste guardar tu lugar, supongo sabrás soportar los comentarios que harán de ti en ocho meses que te faltan; de *pega tarros* no te salva nadie, con sus razones. Claro, no eres otra cosa que la segundona.

—Por tu madre, Fermina, no me trates así, como una cualquiera. ¿Qué podemos hacer?

—Mándame al enano cuanto antes a ver qué le puedo decir, y con suerte lo confundo y te ayudo un poco.

La mujer acomodó dos lágrimas en sus ojos infieles, como si le fuera frecuente una debilidad del cuerpo, con la exquisitez de una brillante actriz. En eso, una carta que Fermina viró, a sabiendas, dejó ver la pinta: una mujer agarrando fuerte a un león, un arcano feliz.

—Es tu fuerza interior la que estará a prueba en los próximos días. Por malas que se vuelvan las cosas, no bajes la guardia. Dáselo al enano cada vez que te lo pida, confúndelo con caricias, que los hombres son unos comemierdas. No se lo aflojes nunca más al mulato. Es seguro que lograrás lo que deseas. Vas a parir un problema, pero como no eres la mujer oficial, te irá bien. Ahora necesito un favor.

—Lo que quieras, Fermina.

—Te verás por última vez con el *Africano* ese. Cuando entres a la casucha de Chumba viertes este polvo que te doy —sacó un papel doblado—. Lo viertes en la tinaja con agua. Hazlo como te lo pido y recuperarás la paz.

—Pero Fermina…

—¿No quieres salvarte del qué dirán? Haz lo que te pido. Ahora vete.

Belén se movió entre las cortinas. Nunca sospechó esa mala acción de la galleguita retorcida, querida del enano que la creía una santa. Se merecía llevar el encargo embrujado, maléfico, anticristiano, de diluir el polvo en el tinajón, para producir cansancio y sueño en ellos y poder robarle el sobre a Chumba.

La galleguita titubeaba.

—¿Sí o no? —apuró Fermina.

—Bueno.

—Tocarás a su puerta mañana viernes al mediodía. Buscas el tinajero en la saleta, echas su contenido y vienes enseguida a darme la noticia. ¿Me entiendes? Bien, ahora vete.

Belén sintió alivio en las cuerdas que sujetaban sus huesos. Si se quedaba allí —ganas no le faltaban— nadie la vería, era un hilo pegado a la pared. Pero debía atender a los demás desgraciados ignorantes.

—Entra Belén —gritó Fermina y extendió la mano hasta la mujer doblemente adúltera, sin contemplación de parentescos—. Paga, Gallega. Dale a Belén una peseta de plata —dijo sin mirarla.

Belén apareció como un hilillo negro, de trapos flotando como bandera. Llevaba el ánimo vencido, de pocas ganas. Fermina la invitó a sentarse junto a ella.

—Escucha. Ya sabes que la galleguita irá a casa de Chumba, tú estarás atenta para entrar y conseguir el sobre.

—¿Yo?

—¡Carajo! ¿Y a quién voy a mandar, a Pánfilo?

***

Entró Prudencio, balanceando el cuerpo para no hincarse con las púas de sus calcañales. Le quedaba, según la propia Belén: «una sola afeitada y dos pies con espolones». Noventa y pico de años y en plena miseria. Nadie sabía cómo lograba subsistir de tal forma agónica. Vendía lo poco que le iba quedando dentro de su casa después de que murió la esposa por una enfermedad terminal que le iba hinchando el vientre como una mujer preñada. Vendía a cualquier precio que pujaran los compradores: espejos, muebles, camas, mesas, sillas, cuadros, vestidos, jarrones, matas, revistas, todo tipo de artefacto para cocinar y hasta los zapatos domingueros, un regalo de la difunta. Belén lo sentó en la sala desordenada, lo invitó a un café, el viejo aceptó, no probaba uno desde que cinco días antes su vecina Esperanza, una mujer toda bondad, mujer de Quinto el gallero, le brindó el buchito mañanero.

Malamente instalado en un sofá desfondado, cuyas rejillas rotas parecían un colador indecente, miró todo a su alrededor. Cuadros alborotados, cuyos moradores miraron arrogantes al retratista que congeló la pose, sobre todo el abuelo don Remigio, con ojos de víbora y barba plomiza, quien nunca le perdonó que su gallo de poca casta le acribillara al legendario "Cementerio", que gozaba diez peleas limpias. Doña Gabina, loca de remate desde que fuera cumplida, con la mirada torpe; la tía Librada, de todas las mujeres de la familia, la más cuerda, que perdía su aire de dignidad según pasaban los años. Pendían en los esquineros telarañas demolidas, abandonadas por sus maestras de obra; caía más polvo sobre la suciedad, como manto tras manto de finísima caspa; por debajo de la tinaja vio salir cucarachas y otros bichos. Lo único que lo atormentó fue la estridencia, persistente y filosa, de un grillo que había extraviado la noción del tiempo.

Tanto Prudencio, con sus carencias infinitas, como los demás residentes del barrio dispuestos a la expiación, padecían la misma decadencia terrenal de Fermina y Belén en una situación colectiva sin precedentes: el hambre sin esperanza, la insalubridad convertida en costumbre y, la pecaminosa fe en dioses de cartón. Seguramente ninguno echaría de menos los olores gratos o el orden de los objetos, ni notarían la pobreza extrema ni la despiadada desidia ni el aire viciado con la calamidad del abandono. Todos atravesaban el mismo desierto de privaciones.

Belén le llevó café en una lata de leche condensada con asa, fruto del hojalatero del barrio que decidió combatir la escasez general con vasijas de conservas; era un café frío, oloroso a yerbas irreconocibles.

—Bébelo y luego entra —le dijo.

El viejo tragó el mejunje y por si acaso se encomendó a Dios fabricando una cruz en su cara. Bastaron tres pasos tambaleantes, pisando cuchillos de punta, para llegar a la puerta del cuarto. Apartaba las cortinas de la entrada, como deshojando una flor, cuando le llegó la voz imponente de la maga.

—Pasa Prudencio. No creo que tengas mucho que pedirles a las cartas.

—Si supieras que sí —dijo el pobre viejo con los dientes en un temblor—, pues nada más vengo a ver si ya me toca la hora.

—Dios te la mandará cuando te toque —sentenció Fermina.

—Me hace falta un adelanto. Si te cuento, ¿tú me das un empujón?

En el cuarto retumbó el carraspeo áspero de Fermina y el viejo se sobresaltó al verla, que parecía un cacique indio, coronada su frente con hojas de higuereta, decía ella que para los dolores de cabeza.

—No me cuentes nada —lo detuvo Fermina— que las cartas hablan solitas. Siéntate. ¿Desde cuándo no llevas nada a la boca, que no sea el tabaco de mascar?

Prudencio subió los hombros y estiró los labios resecos.

—No me *arrecuerdo* —dijo con ojos asombrados.

—Mira tú suerte aquí —Fermina levantó una baraja mientras prendía fuego al tabaco y preguntó enseguida—: ¿Ves la figura? A lo mejor te mandan el maná del cielo.

—Sí, una pareja en cueros —dijo el viejo, se rio grande y la dentadura saltó a las olas de la cama como un bañista tirándose del peñasco.

Fermina quedó confusa, extraviada... ¿por qué carajo se destapó esa condenada baraja? Miró al difunto Pánfilo, no le decía nada su cara pasmada con la sonrisa en vilo. Decidió una defensa absurda antes que enfrentar el desprestigio de su profesión gastada.

—Alégrate Prudencio porque el amor está rondando tus días.

Fermina hablaba desorientada, sin fe.

—No me jorobes —dijo Prudencio y temblaba su quijada al movimiento—. ¿Amoríos a mi edad?

—Calma, Prudencio, calma. El amor va y viene, como el dinero. A ti te llega tardío, de sorpresa. ¿Qué carajo harás con él? No lo sé, averigua tú. Son veinte centavos. Dile a Belén que mande a otro.

—¿Y la carta de don Rafael? —dijo, masticando los labios agrietados.

—Tú no sabes leer, Prudencio. Alégrate.

La dentadura postiza de Prudencio, aún sobre la cama, parecía una carcajada sin mandíbula.

—Llévate tus dientes —dijo Fermina—, me comerán viva.

En el asiento, el viejo Prudencio dejó una mancha de la meada en sus pantalones. Sus zapatos chapotearon como si hubiera pasado por un charco. El olor amoniacal se confundió con los mil endemoniados olores del cuarto.

***

Entró Josefina, sin pedir el último en la cola. Todos protestaron con rugidos de alarma. Belén estaba asombrada. ¿Qué hacía allí la dama orgullosa?

—Es necesario que me atiendan —dijo con una mueca y tambaleando en los zancos de sus zapatos.

—Entra.

Fermina se atragantó. La mujer maravilla venía a fastidiarle la existencia, a entorpecer un negocio que daba visos de prosperidad, a perturbarle la paz conseguida a duras penas.

—Patria y Libertad —dijo Josefina con un pañuelo tapándose la nariz.

Aquello rayaba el descaro. A tantos meses, cuando en el olvido, no solo bajo el piso, había enterrado las armas, Josefina llegaba reclamando su pertenencia. ¿Para qué, si los alzados habían triunfado hacia un montón de semanas?

—¿No me escuchaste? Patria y Libertad.

Fermina no supo qué decir. ¿Armas para qué? —recordó una frase en boga—. Lo más seguro fuera para combatir ahora a los que combatieron antes. ¿La contra...? —pensó.

—Hace mucho que se la llevaron —dijo al fin.

—¿Quién?

—El que las trajo.

—Está muerto.

—Antes de morir.

—No me jodas, Fermina. ¿Mentiras conmigo?

—Te echo las cartas y ellas hablarán si mientes tú o miento yo. Además, ¿armas para qué?

Josefina se paró de la silla y sacó un papel del bolso.

—Bien, te creo. Ahora escucha. Por tu heroica conducta contra la dictadura pasada, yo te propuse para integrar las honrosas filas de los combatientes de la clandestinidad.

—¿Qué cosa?

—Miembro prominente de la clandestinidad. Arriesgaste tu vida al guardar aquellas banderitas del movimiento rebelde.

—¿Yo qué?

—Mira —trató de explicar Josefina—, si aceptas, tendrás un retiro decoroso del que podrás disponer y así puedes dejar de tirar las cartas. Ya eres miembro de los combatientes, toda una heroína.

—No me vengas con esa burla chica —se encabritó Fermina—. Yo no soy esa que dices, tan solo una mujer que desea vivir en paz y trabajar honradamente. Además, las banderitas se las llevó Figurín. Ponlo a él como combatiente, a ver si se gana la vida de otra forma y no limpiando zapatos.

—Pues comunicaré este cambio a los jefes. Figurín es un héroe y será recompensado.

Josefina se marchó después de esas palabras, y dejó el fuerte olor a perfume dentro del cuarto, confundido con la agresividad de todas las sustancias apestosas del mundo.

—Esta, ya tiene en qué entretenerse —dijo Fermina, y miró a Pánfilo que le sonreía con un amaneramiento inaudito.

***

El cuarto de la cartomántica desencantada iba tornándose como un salón de juegos donde todos los asistentes fumaran a la vez. El aire, denso y cargado, se arremolinaba en espirales grises que danzaban perezosamente bajo la tenue luz de una bombilla amarillenta. El olor acre del tabaco se mezclaba con el aroma dulzón de las velas. Ya no era posible ver nítidamente a tres palmos. Entró el número quince de la cola, gobernado por Belén, quien lo guiaba con la experiencia de quien ha repetido el mismo ritual decenas de veces ese día. Ella lo sentó con cuidado al taburete ruidoso mientras apartaba de su cara las nubes de tabaco con un gesto mecánico y casi maternal. Fermina ya tenía destapada la baraja con sus dedos regordetes acariciando los bordes gastados de las cartas con la familiaridad de una vieja amante. El sobre, ese misterioso receptáculo de secretos y destinos, yacía tendido en sus pies montañosos, como una ofrenda a alguna deidad caprichosa. Daba igual quién estaba al frente, para ella todos los clientes se fundían en una masa amorfa de esperanzas y miedos. En la penumbra, ella vio la silueta de un hombre, una sombra más entre las sombras, y se pronunció con la voz grave y solemne de quien está a punto de desvelar los secretos del cosmos:

—El éxito va contigo. Cosecharás los frutos por los que tanto has trabajado. En el plano profesional, dice que tus ingresos podrían aumentar considerablemente y en tu trabajo serás reconocido por los que te rodean. Es probable que recibas riquezas antes de llegar a viejo. Anímate, que esta carta —una rueda amarilla entre nubes de un cielo azul— es de la suerte, del destino, la elevación y la cosecha de los triunfos.

La vista de Fermina miraba al difunto Pánfilo, a quien le había dejado el tabaco en custodia, y le dedicaba un guiño cofrade, la descendió a la baraja y la fue arrastrando por toda la sábana hasta topar con el bulto del cliente, al frente, lo trepó, y allí estaba lo que no esperaba ver. En la niebla apareció la imagen bonachona y mongólica de Ulises, el bobo de la calle principal, que no era del barrio ni había razones humanas ni naturales para que estuviera allí. Fermina tuvo ganas de gritarle a la hermana las consecuencias de esa broma tremenda, pero se contuvo cuando vio a Ulises el bobo sacar su lengua de vaca, incuestionable blasón de una personalidad amorfa, quien dijo, tocándose la barriga harta:

—*Toi empachao*, sóbame.

Entre pared y cortinas Belén soltó un gruñido de sincera alegría. Su travesura tuvo el éxito que esperaba.

Pasadas las tres de la tarde, la cola continuaba en crecimiento como si fuera un imán al que se le iban pegando limaduras de hierro. El calor sofocante del día se mezclaba con la ansiedad palpable de los que esperaban. Rostros sudorosos, ojos cansados pero esperanzados, murmullos de impaciencia y expectación llenaban el aire. Belén estaba agotada, entre la pared y la puerta de la herradura, había recorrido ya dos kilómetros. Sus pies dolían, su espalda se quejaba, y el constante ir y venir la tenía mareada. El aroma a tabaco y a humanidad apretujada se le pegaba a la piel como una segunda capa de sudor. Como si Fermina la estuviera chequeando en las andanzas y le doliera en sus huesos, escuchó la voz redentora:

—Belén, está bueno ya, deja algo para mañana.

El ocaso de la cartomántica y el fugaz reinado del impostor

Al día siguiente, viernes, la cola se organizó temprano, pero esta vez en la acera opuesta. Un montón de mujeres, hasta de otros barrios, esperaban impacientes por el robusto Escipión el *Africano*.

Apenas Belén supo del cambio de acera, el ánimo recuperado y los proyectos de bienestar fueron desarticulados; en su lugar cupo la desazón y se avivó el desprecio que alguna vez sintió por toda la humanidad desagradecida.

A las nueve de la mañana llegó la galleguita, se metió en la cola y esperó con un temblor en las piernas. Eran pasadas las once cuando le permitieron pasar. Apenas respiró el aire viciado de hechizos recuperó su temple y fue directo al tinajón. Se paró ante él y pidió a Chumba:

—Deme agua.

—No puedes beber antes de consultarte.

—Deme agua —insistió con un ligero temblor de su mano tramposa, la que apretaba el polvo metido en un papelito.

Chumba le descubrió la intención. Ella era muy vieja y llevaba caminando muchos lustros, por senderos pedregosos y oscuros, como para dejarse engañar. Le agarró la mano encubridora.

—Suelta eso —dijo.

La galleguita aflojó la presión de sus dedos. El papelito con un polvo mágico apareció y Chumba soltó una palabra impronunciable. La galleguita corrió puertas afuera. Llevaba el diablo a horcajadas.

***

La fama del mulato guerrero rebasaba calles y callejones. Incluso de otros pueblos cercanos o lejanos, a saber, venían mujeres de todo tipo. Fermina calculó los daños materiales y la paciencia de pared que debía tener para aguantar al competidor y los rumores que hacía correr Chumba como piedras loma abajo, para desacreditarla, aunque nunca mencionó el sobre maligno.

Las carencias de las hermanas llegaron al extremo de aguantar ayunas de hibernación. Muchas noches bebieron solo té de hojas del naranjo del patio, que no eran nutritivas y las hacía dormir con pesadillas de fricasés y dulces almibarados. La tristeza y el derrumbe moral que les dejaba el hambre cuando no esperaban hartura eran superiores al suplicio de la culebrilla que sale en la piel, y mientras más pica más duele. El olor a excusado desbordado entraba a la casa como una nube invisible, parecía que todo el barrio había colmado la capacidad de almacenaje de los desechos, y el barrio olía a excusado.

Fermina y Belén sufrieron la carestía demoledora de la fe. Belén, algo acostumbrada a dietas espaciosas por anoréxicas ganas, no dejaba de pensar en un buen plato de pescado y soñaba con bacalaos, camarones, pargos y cangrejos del río.

Belén advirtió que los difuntos no la perseguían ya, con las tripas en desazón ni los muertos se convocaban para mortificarle la zángana existencia, quizás sospechando fueran devorados sus huesos áridos triturados como harina. Y Belén llegó a soñar con la sopa de huesos de difuntos, no quiso contárselo a su hermana, no por respeto, sino por miedo a que fuera posible una repetición: La tía loca, Gabina, cambió de mundo a partir de sueños en que se emborrachaba con la orina de los borrachines del pueblo y ganas no le faltaron de proclamar su apetencia onírica.

Belén detestaba soñar, siempre era lo mismo: soñaba que era una desamparada de las calles y con un hilillo de vida podía sobrevivir solo con la alquimia de hojas del naranjo y agua dulzona.

Escipión abría la boca y parecía que su cuerpo estaba abierto total, que solo se notaba el abismo de su boca habladora, con la anchura de un océano de palabras sensuales. La desfachatada, aunque elegante desnudez pecadora, llegó a coronarlo como soberano, como el libertador de las mujeres engañadas por sus maridos, abrumadas por las mordidas de sus deseos, anuladas por los hombres machistas.

Escipión emancipó caprichos con besos, curó nostalgias mediante abrazos, y los apetitos agotados de cuarentonas y cincuentonas rebrotaron en aquellos desechados contornos desgajados por la rutina con la unión indecente de los cuerpos lúbricos.

Al llegar la tarde, las sesiones del nudista primitivo acababan. Pero tendría una especial, en donde tuvo que destacarse —no precisamente para espantar demonios y enderezar yerros— sino al asomo de un negocio suculento. Y no fue, por ventura, con una mujer sino con un hombre importante. Resolvería un caso con la aspereza de la lija, que le valdría para iniciar la acumulación de dinero que tanto ambicionaba, además de crecer su prestigio de cartomántico con la consiguiente caída de Fermina.

El cliente era un viejo hacendado de una comarca distante quien llegó atribulado por su casamiento disparejo con una mujer treinta años menor que sus quebrantados huesos, que la había sacado de la mala vida por un impulso sumario de redentor. Fulgencio causó una impresión atrayente en Escipión, como la fragancia de carne asada que le llega a un hambriento. Fulgencio mostraba sus manos llenas de anillos empedrados y al pecho desnudo una cadena de oro macizo de la que colgaba un crucifijo de diamantes. Y también mostraba, a la mañosa sabiduría de Escipión, su tendencia ciega al oscurantismo. Ninguna propaganda de opulencia e ignorancia podría imprimir a los ojos glotones del mulato, superior sensación de placeres.

El viejo poderoso inició la revelación de sus pesares:

—El desamor y la indiferencia se le pasmaron en la cara, siempre en luto.

—¿Quién es ella?

—Es Lupe Morena, mi esposa.

Lupe Morena, en sus mejores tiempos, fue una mujer contenta, que abrazaba el libre albedrío como una religión, que vivía sola en los arrabales de un poblado cuya vida dependía del central azucarero que sobresalía empinado en su mismo centro. Ella rompía la zafra con hombres apestando a bagazo y culebras, cuyos sudores imponían un respeto atemorizante y que en tiempos de la siembra o del corte de caña, la visitaban tumultuosos. Se dejaba trepar por todos a cambio de poco, pero nunca permitió que le chuparan sus pechos desbordantes y tiernos, que aún estropeado el tronco bien labrado de hembra, por los maltratos de su existencia cotidiana de lupanar, los tenía tan obstinadamente erguidos que se empecinaban en ofender a las demás mujeres comarcanas, pues en sus caminatas por el caserío los enseñaba a todo solicitante, y a quien dudaba de durezas y ángulos para empinarlos —ni agudos ni obtusos sino justo a los noventa grados— los conminaba al manoseo. Los enseñaba jubilosa, incluso al inicio del noviazgo con don Fulgencio, quien finalmente la honraría con un matrimonio emergente. Era una morenita de rara belleza jamaicana, con los tremendos poderes de la fascinación, a quien nunca vieron sonreír a nadie, ni siquiera al espejo. Y acertaba en su indisposición de enfrentarse a ellos, porque llevaba la piel tostada con unos labios tan llenos de carne exquisita que los hubiera roto con la envidia de un reflejo o por el quebranto de quien pierde algo precioso, porque ella estaba allí dentro, en un fulgor, pero no los habitaba.

—¿A qué vienes? —indagó Escipión poniéndose la primera carta en la frente almizclada.

—Ella, cuando se acuesta conmigo se muere, se muere entera; se queda quieta la vida que adentro arde —dijo el magnate con un tabaco apagado en su boca de arrugas vivas.

—La muerte es otra vaina —colocó una nueva carta sobre su miembro dormido, que no bastaban dos para taparlo completo.

Los ojos de espanto del magnate buscaron otro punto donde encontrar amparo.

—Yo muero un poquito todos los días —dijo.

—Lo suyo es diferente.

Escipión lanzaba cartas sobre su pecho lampiño, pecho de Superman sin el diamante con la S ajustada; las tiraba sueltas como si repartiera la suerte o la desgracia.

—Es la muerte —dijo Fulgencio.

—La muerte no pierde el tiempo sin que saque provecho.

—¿Entonces?

—No sé, pero usted lleva algo arriba que se parece a la tristeza, a la comezón del miedo. Eso es otra vaina.

—La vida cuando se aquieta es la muerte, lo digo yo, don Fulgencio, que no le quepan dudas. Los años no son por gusto.

—Las cartas me dicen que usted tiene que ceder, don Fulgencio.

—¿Ceder?

—Eso está escrito aquí: ceder, abochornarse ante ella.

Fulgencio dejó de respirar. Algo le decía que había pisado arenas movedizas, y que era demasiado tarde. Asirse de un palo de la orilla opuesta era su salvación, y allí estaba el mago Escipión mostrándole uno, descomunal, dispuesto al rescate.

—Las cartas exageran —dijo en un refunfuño del tabaco que mordió en la boca surcada y el apretón de su mano a la cacha del revólver que lo mostraba como la cabeza fuera del carapacho de una jicotea belicosa.

—Ellas predicen —dijo Escipión sin darse por enterado del impulso amenazador de Fulgencio y continuó—. Su mujer tiene algo pendiente del pasado. Le dejaron algo malo adentro. ¿Cómo es ella? ¿Tiene alguna fotografía, para que yo pueda apreciar el daño?

Fulgencio quiso caer en la trampa.

—Sí, aquí tengo una, de cuerpo entero.

Escipión miró la imagen, quedó alelado. Tanto tiempo en lo mismo, en trampas amorosas, en sortilegios sexuales y manipulaciones y engaños, siempre jugando con el arma letal de mujeres casadas. Pero aquella criatura morena, la Lupe Morena, era lo máximo.

—¡Coño! —fue lo que le salió de adentro, como las aguas de un arroyo fuera de su cauce.

—¿Qué pasa?

—Nada, que apenas la vi se me paró.

Fulgencio miró hacia las dos barajas que tapaban aquel monstruo dormido...

—Digo delante, ahí delante, se me paró el mal que le hicieron.

—¿Y qué debemos hacer? —se aflojó el pecho del rico azucarero.

—Curarla del bilongo —dijo Escipión poniéndose de pie—. Incluso, usted debe permitir que venga sola, para que el daño brinque a otra dimensión.

Don Fulgencio se estremeció.

—Mándemela mañana mismo —dijo Escipión sin permitirle pensar—. No venga con ella, insisto que sola. Yo la curo del mal en tres o cuatro pases y usted notará los cambios en pocos días. Eso sí, le costará bastante.

Y como los pronósticos de barajas son creíbles porque la gente quiere saber su futuro tal y como lo desean o incluso, mejorado, nadie, aunque haya atravesado la vida pidiendo maravillas, aunque luego reciba lo contrario, renuncia a caer en lo mismo, hasta el fin de sus días. Por esa razón y porque al pobre magnate no le quedaba de otra, el trato fue cerrado, con ron, con dinero excesivo y una amenaza de muerte por si acaso le faltaba al apellido de alcurnia que don Fulgencio llevaba colgado: Persillador de los Alcántaras. Cuando don Fulgencio Persillador de los Alcántaras abrió el fajo de billetes y pagó por adelantado, hasta el mismo Escipión, que nada del mundo ordinario lo asombraba ya, quedó entumecido con la insolencia del poder. Su alcancía se inflaría tanto como la engañosa fama de erudición.

«Que no presuma el virtuoso ni confíe el sabiondo, pues en estos temas de adivinaciones hay un engaño que viene de adentro», sentenció en sus buenos tiempos Fermina. Y diría Escipión en el suyo: «Cuando estemos tan hambrientos de deseos absurdos, siempre nos faltará la comida para saciarnos».

***

Lupe Morena, la negra Persillador, llegó sola. Despistada con la dirección que su marido le había dado, indagó sobre barajas adivinas y le indicaron la casa de Fermina.

Tocó a la puerta con una mano enguantada. Belén abrió, quiso adivinar, por la esbelta figura de la mujer, que se trataba de otro crimen premeditado en un matrimonio infeliz. La invitaría a sentarse por una casi pretérita cortesía. La morena linda miraba extasiada a un lado y otro averiguando dónde acomodar sus grandes posaderas. Escogió un taburete solitario pegado a un radio de aspecto inservible, según notó ella, que no tenía cordón eléctrico. Un almanaque colgado a la pared, sin hojas para arrancarle, anunciaba una pasta de dientes que existiera alguna vez en el pasado. Colocó las manos juntas sobre las rodillas, estribada como si montara un caballo frente al pintor, en una pose artística que a

Belén la trasladó a las novelas románticas que ya no tenía tiempo de leer ni podía escuchar en la radio rota.

—Espere un momento —dijo.

«¿Era real aquella casa en total abandono? ¿Alguien podía vivir así?», se preguntó Lupe Morena, y paseó la vista con cuidado, por el temor a «ensuciarse, caer en una ranura o cortarse con un vidrio roto». Ni cuando fuera tan pobre que se vendía por una peseta y estaba obligada a salir de la choza, incluso en madrugadas inclementes para evacuar una urgencia, o en días de arduo trabajo asearse el cuerpo apestoso a otros cuerpos, vio cosa igual o parecida. «La pobreza —se dijo— la llevamos adentro».

—Dice que pase —la sorprendió Belén con una voz de mucama, cuando Lupe Morena trataba de contar los difuntos de la pared, adivinar de qué rincón saltaría un bicho o cuánto tiempo faltaba para un derrumbe completo del caserón.

Nada más entrar y tuvo la certeza de cuán perdida estaba en aquella casa de los mil demonios. Observó a Fermina con la corona de higuereta y una manito de mono rascando su cuerpo derrumbado en la cama que enseñaba todas las miserias juntas. Su primera impresión fue de asco, le siguieron los olores feroces y el recuerdo de una infancia deplorable y una bisabuela moribunda, que durante años dirigía el mundo pudriéndose sobre un catre de cuando era esclava.

—Perdone señora, pero mi marido me dijo que vería a un hombre, un mulato que llaman Escipión.

—Ya lo creo. Escipión vive en la acera del frente. Pero me alegra el error para conocerte. Eres bienvenida. Tú nos regresarás la felicidad que hemos perdido —auguró Fermina y trató de oler el perfume artificial inexistente en aquel cuerpo perfecto de hembra, porque todo en ella era natural.

—¿Yo…?

—Tú misma, querida. Tienes el porte de una diosa. Aprovéchalo.

Lupe Morena enseñó sus dientes enteros y naturales en una boca hecha a propósito para descarriar a los hombres. Vestida toda de blanco, con el aroma innato de mujer, se despidió con la ternura de un beso aéreo.

Fermina miró al difunto Pánfilo. Lo embistió con fuertes palabras:

—Ahí va otra mujer que tu hijo se zampará de un solo bocado. El demonio que tuviste con aquella mujer maldita, metidos en los marabusales; sangre de tu sangre pecadora. Ahora resulta que él llega campante y me quita el trabajo. ¡Lo que hay que soportar! Si hubieras tenido un poco de vergüenza no tendría yo que pasar por este calvario.

Pánfilo mantuvo su achinada sonrisa embustera.

Belén llevó a Lupe Morena hasta el portal y apenas la vio traspasar el hueco de la puerta de Chumba, soltó una sonrisa que parecía una mueca, luego entró y fue directa con la hermana:

—Dios se apiade de su alma pecadora —dijo.

—Alguien tiene que ocuparse de este problema, ya que nos falló la galleguita. Esa mujer arrastra con su cuerpo al más pinto de la paloma. Escipión caerá en sus redes.

Eran pasadas las doce y Fermina reclamó su almuerzo.

—Lo que hay es una lata de carne rusa —dijo Belén, que no podía borrarse de la mente a la mujer que mataba a su marido mientras él la intentaba violar.

—¿Qué más...?

—También hay carne de algún animal cimarrón que reproducen los rusos en Siberia.

—Eso ya lo dijiste: carne rusa. ¿Qué otra cosa?

—Aparte tenemos una lata en conserva que dice en la etiqueta: carne rusa.

Una carcajada demoledora estremeció la cama que soportaba con agonías de maltratos, la mole perezosa de Fermina. Pánfilo reía con deseos dudosos de la realidad. Belén no desaprovecharía la ocasión irrepetible para bromear con otra ocurrente andanada:

—Tenemos carne rusa a la cama, carne rusa frita en su propia grasa, carne rusa recalentada de ayer, carne rusa fría en la lata, y sopa de época.

—¿Sopa de época?

—Bueno, carne rusa hervida con agua de lluvia.

—¡Acabáramos! —dijo Fermina—. No quiero carne rusa. Tráeme otra fruta cualquiera del patio.

—No queda ninguna.

—¿Ni del algarrobo?

—Como no te comas la mata —jaraneó Belén con una risita.

—Entonces tráeme otro infeliz cliente, a lo mejor me lo zampo entero.

***

Amaneció triste el día jueves, a setenta y dos días seguidos de la llegada de Escipión a Calle Azul. Belén escuchó los gritos:

—¡Asesino, abusador, bájate de ese árbol, asesino! —gritaba el tipo fuera de sus cabales.

Todos salieron a ver el escándalo. Un hombre, machete en mano y a horcajadas, desmochaba uno de los cuatro árboles copudos del parquecito Tamayo. Alguien que pasaba le gritaba improperios. El hombre, confundido, porque estaba allí por un mandato del jefe del ornato público, jefe del barrido de calles, jefe de alcantarillas, hacía su trabajo bruto e incansable. Y el ciudadano que pasaba por carecer de armas eficaces para bajarlo de un fogonazo o una pedrada, le gritaba a voz en cuello sus verdades. Era uno de los carteros del pueblo, y nadie pudo detenerle el ímpetu al gritador excepto el duende de la locura, que para consolarle la razón lo mató semanas después como haciéndole un favor. Todos quisieron saber sobre aquel barullo que quiso levantar postillas secas del recuerdo irritante, porque ya habían arrasado de forma genocida los alrededores arbolados del Palacio de Justicia, que fincado sobre un antiguo cementerio se hundía como un pantano, y un genuino desconocedor de estos defectos de hechura indicaría como solución salomónica los hachazos soberbios que acabaron con el entorno verde y, para complementar, un inmisericorde administrador de un cafetín, sito en la calle principal, hacheó los magníficos robles que adornaban la acera, y justificó su crimen diciendo que eran para convertirlos en leña, dada la escasez de combustible.

Resultó que Escipión había logrado su objetivo, disuadir al Municipio de que un tesoro pirata se escondía en la casa convertida en laboratorio. Abrieron hoyos profundos por todas partes, quizás en vano; nadie supo nunca excepto los involucrados, y para justificar el bombardeo del piso, semejante a los estragos de una guerra a morterazos, informaron a todos, y convencieron a los indolentes de que las raíces de los inmensos árboles del parquecito, sembrados en tiempos de la República mediatizada, eran los culpables de que se tupiera la taza de un servicio sanitario y por ello había que podar o arrancarlos de raíz, si fuera necesario. No escucharon los reclamos de la prudencia cívica de protección al medio ambiente; desoyeron las voces indignadas de la inteligencia ciudadana. Cortaron y cortaron. El acabose.

***

El guerrero africano desapareció del barrio: «Faltan en él», dijo Fermina apenas le midió el pulso en el cuerpo la única vez que lo vio de lejos, «el brillo y quilates que enaltecen al oro». Valga decir que si la vecindad de la calle azul hubiera sido enterada a tiempo, lo habrían linchado, pero sospecharon de su deslealtad muchas horas después porque Chumba no asomaba la cara ni respondía los toques exasperados en la puerta.

El mulato escapó y se llevó con él un tesoro de carne amatoria que lo desvencijó a la primera cita. Se robó a Lupe Morena, la joya de Fulgencio, quien seguramente lo perseguiría hasta el Infierno mismo para darle caza y comérselo en terrones de azúcar. Nunca se supo si también logró desenterrar la fortuna escondida.

Los días prósperos de la tiradora de cartas consuetudinaria, la dueña absoluta de los pronósticos, Fermina Sarmientos de Riego, tuvieron otra oportunidad para desafiar el porvenir, aunque para entonces ya era demasiado tarde. El tiempo había pasado inexorable, dejando su huella en el rostro arrugado de Fermina y en las paredes descascaradas de su morada. La magia que una vez fluyó libremente por sus venas parecía ahora un eco distante, un susurro apenas audible en el silencio de la noche. Sin embargo, la gente seguía acudiendo, atraída por la leyenda de sus aciertos pasados y la esperanza de un futuro mejor. De todas formas, ella era preferida porque afianzaba el ánimo, devolvía la fe en las acciones, visualizaba un destino, sin que nadie tuviera en cuenta los aciertos. Su habilidad para tejer historias de esperanza entre los hilos desgastados del destino era incomparable. Con cada carta que volteaba, con cada pronóstico que murmuraba, Fermina ofrecía un bálsamo para las almas heridas de Calle Azul. Y aunque sus predicciones ya no llevaban el peso de la certeza, sus palabras seguían siendo un faro en la oscuridad para aquellos que buscaban consuelo en un mundo cada vez más incierto.

En el apogeo de Fermina como cartomántica fueron, sus misteriosas y enormes barajas, excelentes proveedoras de sortilegios.

Escipión, en cambio, resultaría maligno para los hombres, y en cuanto a sus predicciones, no llevaban razonamiento y al final acudía a imprecaciones. Ninguno de sus encuentros con las féminas fue más allá de mostrarse entero y grande, y como pago merecido saciar sus apetitos desmedidos. Sin embargo, recuperado el poder de adivinación de Fermina, tales poderes no llevaban en sus argumentos razones convincentes.

Ya Fermina la maga no era exacta, ya no auguraba ni prevenía. El espíritu del sobre flotaba en aquel ambiente irreal, de difuntos confundidos y locos, con una hermana hambrienta casi al desaparecer, la Belén raquítica, llena de purulentas llagas. Y ambas, cubiertas de bichos sangradores, emanando la peste del abandono total e irrespirable para un visitador. Ambas, llevando con total inocencia y sin enojos, la misma muda de ropa encasquetada dos años atrás, sin que desearan despercudirlas ni aliviar los aromas del churre en la piel de salpullidos y de vetas terrosas. Ambas, con sus cuerpos contaminados, y por dentro el efluvio virulento de los Malasangre, que como un bicho que crece bajo la corteza, dañaban sin que lo pudieran evitar.

El sobre maldito: confesiones y espejismos

Era la mañana de la Santa Ana, otra mañana de finales de julio que lucía hermosa. Belén se quedó estirada en la hamaca en un desmayo placentero y el entusiasmo maduro ya, de recibir la muerte con el mutismo de una piedra, aunque sintiendo guasasas arremolinadas dentro de su cabeza. También la espalda le ardía casi el doble que una quemadura en el fogón de leña donde cocinaba las sopas para la hermana. Pensó no levantarse nunca más y morir allí, hamacándose en el ataúd mullido en donde al final del día nadie encontraría su cadáver disuelto en el cáñamo tejido. La picazón en el cráneo, de bichos minúsculos que chupaban su sangre diluida y poca, la espalda de lombriz ardida con el lomo de un machete al rojo vivo y sus tripas rodando piedras, amplificaron las voces de afuera. La despabilaron los difuntos que la rodeaban celebrando el novenario. Allí estaban todos, el abuelo Remigio comandando el Réquiem; las dos tías solteronas que censuraban con los labios apretados; abuela Ramona, hermética y elíptica; madre y padre, dándole la espalda, castigándola en su libertad purulenta de sentirse monja y, detrás de estos, apartados pero terribles en el sincretismo, los dos hermanos, Casiano y Macedón, extraviados en el mundo del azar y la prostitución.

El bullicio no cesaba. Movió sin deseos el cadáver de su cuerpo en plena misa de los fieles difuntos y caminó hasta la sala. Fermina seguramente dormía. Vio cómo sus muertos se iban embutiendo en los espacios vacíos de los marcos, olfateaban primero, como hacen los perros con otros perros, para distinguir cada uno el suyo y luego traspasar el cristal fracturado y con buena salud en la memoria para recordar cuál era la pose abandonada un rato antes. Belén disfrutaba el desorden de la búsqueda. ¿Dónde se ocultarían los dos hermanos delincuentes? Sin sacudirse estos embrujos, abrió la puerta carente de cerrojo, apartó el taburete, y enfrentó a los insistentes tocadores:

—¿Qué quieren? Para celebrar este día nefasto se reúnen en otra parte.

La tremenda cola se acurrucó en molote. Todos querían ser el primero en hablar. Las muchas voces que escuchó Belén no le sirvieron para entender una frase mesurada, aunque sobraban explicaciones. Insistió:

—¿Qué quieren?

—¿Abren hoy? —preguntó Silverio, el hojalatero.

—Esperen, voy a preguntarle a Fermina.

El molote enderezó su cuerpo de ciempiés. Un sol que se levantaba de la tierra por vuelta del río mandó resuellos de fuego y casi a un mismo tiempo los abanicos, pañuelos, revistas, periódicos, cartones y hasta las palmas de las manos, abanicaron la capa de aire caliente acompañado por un concierto de soplidos. Entró al cuarto en derrumbe de la hermana pitonisa.

—¿Qué pasa? —preguntó Fermina.

—Esto es lo último —dijo Belén—. Hay gente de todos los barrios; y si no me equivoco, hasta Moisés, el judío polaco, viene a verte.

Fermina levantó la cabeza.

—¿Quién?

—El judío polaco. Y no dudes que venga hasta el cura italiano. Ahí están las dos moras de la calle de la Marina, vienen juntas a pedirte ayuda, tal vez sus dioses árabes la abandonaron.

—De eso hace mil años —rio Fermina— ¿Están en la cola?

—Sí.

—Que sean las primeras.

Belén regresó al corredor, con su cara pálida esbozando una sonrisa y sus dos brazos de pellejos flácidos que envolvían huesos grandes, alzados, como si se tratara de una rendición:

—Atiendan —dijo, con los brazos arriba—. Deberán entrar de uno en uno y me pagan a la entrada. Son las mismas condiciones de ayer. Nadie puede repetir. Los que vienen por asuntos de política no serán atendidos hoy. La cola se rompe ahora y la forman de nuevo.

—¿Y eso por qué? —dijo Mingo el zapatero, el número uno en la fila.

—Mingo, no se puede repetir. Las mujeres primero, luego los hombres; al final, si queda tiempo, los demás barrios. Belén hizo señas a las dos extrañas mujeres del fondo. Todos se empecinaban en decirles las Moras, pero se equivocaban, eran libanesas. Y en el tumulto trataban de esconder sus rostros cobrizos —aunque una de ellas era tan monumental, con un lomo de búfalo y unas trenzas al frente que le hacían encorvar el cuerpo— que resultaba imposible no distinguirlas a la distancia. Las libanesas huyeron de su tierra, bañada por las aguas del Mediterráneo, hastiadas de las eternas guerras y la pobreza y, como buenas descendientes de los fenicios, si allá despachaban la canela, el comino, el almizcle, la menta y las semillas de ajonjolí, acá se dedicaron a vender telas y bisutería como dos nómadas y ellas mismas llevaban encima las muestras del negocio: brazos argollados de áureos destellos, dedos estrangulados con gruesos anillos, orejas heridas con colgantes de pirata y agitanados vestidos, aunque depravados y malolientes. En el rostro un desierto bíblico, la eterna amargura del destierro babilónico, de costumbres abandonadas: ayunos, velos y rezos. ¿Cómo se llamarían? Laila, Aisha, Jasmín, Lubabah, Taruh o Bahira, no importa; a nadie les interesó nunca.

Hubo protestas y aprobaciones. Una detrás de la otra, tal como trafagaban en el pueblo, traspasaron la puerta de los misterios en un silencio doloroso.

—¡Vaya! —exclamó Fermina—. Nunca pensé verlas por aquí.

El bulto encorvado y desmedido se mantuvo de pie. Soportaba en su cara una nariz grotesca y la mirada escurridiza de solterona. Era casi imposible admitir que hablara, que articulara con palabras castellanas una idea racional. La otra, la mora menuda y vivaracha y al parecer más resuelta, tomó asiento mientras formulaba su deseo:

—Haga el favor de tirar cartas para nosotras.

—Corta —dijo Fermina.

Las cartas montaron y desmontaron olas de hilo tramado, gracias al arte engañoso de manos hábiles, como si estuvieran acostumbradas al embuste. Pero el olor grato a tamales de maíz desbarató por completo los planes de la maga. El tibio aroma del maíz hervido la dejaría largo rato sin voz, sin pensamiento renovado, sin deseos de consentir que la suerte la dejaba con vida. Hasta que la mora resuelta la sacó del atoro afónico:

—Tamales —dijo—. Traigo tamales para ti, no plata.

Fermina advirtió el paladar ahogado en una saliva espesa; el olor a tamal de maíz tierno la llevó a los días prósperos de la familia. Por su parte Belén, entre cortinas, sintió nauseas. Desear los tamales le fue tan pecaminoso que juró confesarse. Buscó en su memoria miserable y pudo reconocer, a la distancia de nueve funerales, las figuras de toda la familia —menos los dos hermanos descarriados— alrededor de la mesa engalanada con mantel festivo y servido opíparamente en bandejas metálicas: chilindrón de chivo, tamales y congrí de frijoles negros. Salió del escondite adictivo y fue directo al patio, a llorar la desgracia de sus carencias, luego entró y se arrodilló debajo del Cristo del corazón, quien la miraba desconcertado, a punto de descolgarse.

—Tengo malos pensamientos —le dijo.

El Cristo del corazón la miraba, absorto o desconfiado.

—Sueño despierta con el pecado de la carne.

El Cristo seguía inmutable, lejos, tal vez en los escombros de Jerusalén.

—Mi hambre no tiene cura, coma lo que coma —confesó sin aliento.

Los gallos de Quinto el gallero cantaron en un desordenado desafío de guerra. Belén quedó atenta a la algarabía como si recibiera un milagro por el aire abrasador. Levantó su cabeza hacia el Cristo, quien mantenía la pose quizá desmintiendo los sentidos aturdidos de Belén y a punto de caer sobre su cabeza desordenada.

—Es otra hambre —dijo llorosa.

—Toma —oyó la voz confusa de la mora menuda, detrás de ella—. Tamal, para ustedes.

Belén, aún arrodillada, no se atrevía a tocar el paquete. El pánico de acabar con su hambre de pajarito la tullía.

—Agarra —dijo la mora grande, arrastrando la erre como una amenaza.

***

Pasó la segunda cliente, una mujer larga, esquelética, de nombre Inocencia, cuarenta años, ama de casa, seis hijos, dos con cada uno de los tres maridos ilegítimos y cada uno de ellos le daba una manutención decorosa, obligados por las amenazas de escándalo que ella esgrimía letal, y porque era prima segunda del juez y primera del secretario del jefe municipal de comercio y amiga de una amiga de un político importante y por si fuera poco, decían de ella que tenía como herencia patriarcal los timbales cuadrados del general Maceo.

La maga la quiso despachar enseguida. El olor a tamales no se iba de su nariz. La mujer no mostraba interés en las cartas, sus reclamos de atención hacía tiempo que los tenía a pleno gozo y los extendería ramificados porque preparaba otras trampas de enamoramientos con la negra Chumba.

Sin embargo, Fermina quedó sorprendida con la propuesta que le hizo Inocencia a boca de jarro:

—Yo tengo influencias —dijo sin ton ni son—. Yo puedo hacer que saquen a Chumba del barrio.

—¿Puedes qué?

—Sacártela de arriba. Seguro que puedo. Pide por esa boca y te quito a la negra de encima, que yo sé, bueno, que todos sabemos, el daño que causa a la gente del barrio.

—Gracias —dijo Fermina y frenó la intención—. Yo también tengo poderes y no hago uso de ellos, los santos no me lo permitirían. Pero lo pensaré, como el último bote que llega para salvarme de la inundación.

—¿Seguro? —una mueca acompañó la duda de Inocencia—. Allá tú.

—Suponiendo que acepte tu ayuda —recapacitó—, ¿qué propones?

—Pídeme lo que sea.

—No, no. Esto camina al revés. Dime tu propuesta —dijo Fermina sacudiendo el aire y machacando la u con el martillo de su lengua.

—Bueno, para empezar, le meto un susto. Sabemos todo.

—¿Sabemos?

—Ellos, los de arriba, lo saben todo sobre las actividades de brujería y, sin embargo, le dan responsabilidades de vigilancia dentro de la cuadra.

—¡Vaya! Pero eso lo sabe todo el mundo, hasta los americanos allá en el Norte.

—La quitamos a ella y te ponemos a ti.

—¿Qué cosa? Mira, hemos terminado. Suelta la plata y vete por donde entraste.

—No tengo dinero.

—¿Ahora me vienes con eso?

—Traigo una lata de leche condensada.

Inocencia dejó la lata sobre la mesita y se retiró silenciosa. Fermina no se atrevió a levantar la vista hacia la lata azucarada, justo frente al cuadro, desde donde Pánfilo le obsequiaba una alegría pasmada de papel dulzón. Por dentro de intrincados deseos, brincaron las apetencias a los almíbares. A la lengua reseca le brotaron recuerdos de sabores como el anís y la menta.

***

El tiempo marcó cuatro horas sin tropiezos externos, solo interrumpido cuando Fermina decidió que debían comerse los tamales. Belén lloraba a moco tendido mientras los mordisqueaba y salaba, con el asco del preso que muere de hambre y muerde la masa peluda de un ratón: «Maíz con lágrimas rueda mejor», dijo Fermina.

Desfilaron cinco mujeres más, todas ellas atolondradas; tres en busca de maridos que se conformarían con el rescoldo de sus anteriores amantes; dos creyentes sincréticas que lo mismo le escuchaban el sermón al cura que los consejos a Fermina o aplaudían una carga al machete. Y abandonaron la casa de los pronósticos confusos con la sensación de que más les valía obtener triunfos abriendo sus piernas y nunca con las barajadas sin aciertos de Fermina.

Traspasaron la puerta cuatro hombres de mediana edad y desempleados por obra de anteriores malos agüeros, todos ellos residentes de Calle Azul, eran los sinvergüenzas vagos del barrio, jugadores de dominó y propensos a todo pecado marginal. Cada uno reclamaría por su derecho a la lectura del sobre maldecido, pero ella solo se lo permitiría a uno, el peor de los hombres, suponiendo que un castigo le vendría bien.

—Pasa Fermín —dijo la maga de poderes extraviados, mientras rascaba su espalda con la manito de madera—. Hace mucho te esperaba.

241

Fermín no vestía el uniforme militar. Había renunciado al ejército que integró, cabal y encendido, en los montes.

—¿Te duelen los muertos que mataste?

—Los muertos de la guerra son asuntos de la guerra.

—O sea, que tú eres inocente.

—El soldado no es inocente de nada, solo que tampoco es culpable. La patria se encarga de toda esa basura.

—¡Ah, no sabía eso! —susurró Fermina que ahora metía uñas a la comezón de sus brazos ulcerados.

Las cartas comenzaron a desmoronarse y caían en desordenadas muestras de apatía, con caprichosos deseos de escapar y no encontraban cómo. Fermina no tenía control sobre ellas y eso la ponía incómoda hasta el punto de obligarla a la improvisación. ¿Qué pasaba con las cartas? Si era el maldecido sobre el culpable de sus desaciertos, ella, Fermina Sarmientos de Riego, ¿por qué no lo despedazaba en tiras? ¿Por qué no lo quemaba o lo disolvía en agua hirviendo?

—En realidad los arcanos no te guardan nada saludable ni mortal. Hay en ti como un vacío, pero no te preocupes, el alcohol lo irá rellenando de a poco.

Fermín no dejaba de mirarla con ganas de aplicarle una sanción ciudadana, de desearle que la lengua se la trabase un nudo. El olor a la sarna viva lo enderezó en la silla, aquellos síntomas de rascarse hasta la desesperación eran evidentes muestras de esa dolencia que se trae arriba como una condena satánica.

—Te irá bien en la vida —dijo ella, no los arcanos, que dormían una siesta abúlica y la maga no hallaba forma de despertarlos.

—¿Y las armas?

Fermina no esperaba eso. El enigma mortal del sobre hacía sus estragos en ella. Las armas alborotaban su desgraciada vida desde el mismo momento que la dejara el cabo. ¿Cómo lidiar con tamaño problema? ¿De qué manera se sacudía al diablillo que tenía enfrente? Como siempre, buscó y encontró una solución de última hora:

—¿Te vas a meter al monte otra vez? ¿A quién matarás ahora, a mí?

Fermín enmudeció. Ni las estatuas de los parques podrían imitar su tiesura. Lo único que tenía por seguro era una confesión que escuchara del cabo Saborí, cuando se volvió *maumau* junto con él, y se la declarara a un teniente que por cosas de la guerra moriría dos días después en un combate. No recordaba la contraseña, o no la escuchó bien. No obstante, se aventuró.

—Patria o muerte —dijo.

Fermina soltó la carcajada. Era lo más absurdo que había escuchado en toda su vida. Pero le seguiría la corriente.

—¿Eres rebelde todavía o piensas alzarte otra vez?

—Lo soy —contestó con un timbre conmovedor en su voz.

—Pues ha pasado mucho tiempo, si yo tuviera las armas estarían podridas porque las enterré en el patio ¿Quieres comprobarlo?

Fermín no era fácil de engañar, como tampoco era tonto. Si persistía, Fermina buscaría testigos y él saldría perdiendo porque sus intenciones eran otras. Cejó.

—Te creo, lo dejamos ahí, para siempre —amenazó con sus ojos.

La maga comprendió. Nacía una especie de delincuente en él. Fermín, frustrado, descargó otro golpe:

—¿Y la carta de Cipriano?

Fermina tenía el desquite en la mano, lo aprovecharía si tuviera el sobre consigo, pero Chumba lo poseía, aunque ella experimentaba —incluso con su ausencia— los mismos dolores de cabeza que cuando estaba bajo la custodia de Belén o de Pánfilo. En el sobre estaba escrito el castigo que merecía Fermín «¿Cómo recupero el bendito sobre?»

—¿Quieres leerla? —preguntó sin pensar en las consecuencias.

—Quiero.

Fermina no supo qué hacer. La carta estaba en poder de Chumba. Ella deseaba, en esos instantes supremos, poseerla, entregar el sobre al homicida que tenía enfrente. Por el rostro de Fermina corrió el sudor pegajoso de la impotencia, la desesperación. ¿Estaba ella transformándose en una mujer maligna?

—¿Entonces? —apuró Fermín.

La maga, instintivamente, alargó su brazo y lo metió en la gaveta. Necesitaba tiempo. Allí revolvió tratando de ganarlo, hasta que algo le viniera a la mente. No se le ocurría nada. De repente, tocó un papel que le pareció familiar, lo sacó espantada. Era el sobre mugriento y mortal. Latía en su mano como un corazón recién extraído del pecho de un animal salvaje.

—Toma —dijo sin comprender por qué el desgraciado sobre estaba en su gaveta.

Fermín devoró el mensaje del papel arrugado y sucio en unos segundos; las letras escaseaban, y él lo expresó enseguida:

—Tanto barullo para nada. Cuatro palabras.

—¿Qué dice? —se atrevió Fermina, aunque no deseaba oírlo, y menos en boca de aquel infame hombre.

—No importa, puras mentiras —dejó el sobre en la cama.

Fermina respiró complacida. No bien había salido Fermín puertas afuera y Belén entró con las manos en la cara flaca:

—¡Dios santo! ¿De dónde sacaste el sobre?

—¡Yo qué sé! Estaba ahí.

Miraron sobre la cama y el sobre había desaparecido nuevamente. Fermina ya estaba preparada para soportarlo todo. Registró en la gaveta y nada. El misterio del sobre lo comprendió en un instante, era, no solo su contenido de letras era un espíritu maligno envuelto en papel, desesperado por hacer daño, por causar la muerte a quien lo tocase.

—¿Qué viste extraño en él? —se alarmó al ver la expresión de Belén.

—Un bicho, una cosa mala llevaba a la espalda, como un bulto podrido.

—Es su destino —dijo mientras rascaba su brazo con desesperación y alertaba a Belén—. Tengo comezón.

—¿Queeé?

—Tiña, sarna, carángano ¡qué sé yo! Me pica todo el puñetero pellejo. Alguien dejó por un maldito olvido esa maldición en mi cama ¿O es el sobre quien trae todas las desgracias?

—Dios mío, te haré un bálsamo de cabalonga para que lo untes.

—¿Me curará?

—Ya lo creo que te curará —dijo Belén y en vez de salir de prisa, como siempre, quedó clavada en su postura, como si le quedara algo por hacer o decir.

—¿Qué te pasa? —preguntó Fermina mientras se despellejaba la espalda.

—Tengo piojos, y mi cuarto está lleno de chinches.

—¡Acabáramos! Tú siempre fuiste dulce para los piojos y esta casa es una pocilga, por eso vamos a terminar cundidas de bichos y nos moriremos secas, no de hambre sino desangradas, chupadas por las sabandijas. Tenemos que despojarnos juntas; y tú, mientras tanto, ponte en la cabeza unas hojas de guanábana, los piojos le huyen a esa mata.

—Por las noches, siento los ruidos del comején, royendo. Nos comerán vivas.

—Esos bichos no comen gente.

—Al menos ellos tienen en qué entretenerse —dijo Belén.

—Estate tranquila. No comen gente.

—Se comen la casa.

—Cuando acaben ya no estaremos en ella.

**

Una mujer, todavía joven a pesar de los años, con el encanto alterado por los calores de julio, con la perfección ofensiva de un porte señoril y la blancura de un cuadro de ninfas, viuda y sin hijos, residente de un barrio lejano, fue la última de la fila que Fermina atendió esa mañana. Llegó rebosante de dicha con la encomienda encendida de su señora madre de averiguar sobre quién sería el próximo, a pesar de que al difunto marido los gusanos no lo habían descubierto aún en la oscuridad de la tumba fresca para deshuesarlo.

—Dígame qué tipo de hombre debo aceptar —dijo, a secas.

—¿Qué quieres saber sobre tu hombre? —preguntó la maga.

—Lo que sea, el otro no me servía para nada.

—Destapa esa carta y dime que hay en ella.

—Está en blanco.

Fermina activó las alarmas de la soberbia. No era la primera vez, desde que el perverso sobre influyera en los manejos cartománticos y controlara su lengua, que sucedían esas rarezas, aunque aquello oído sin comprobación, era delirante. Revolvió otra vez y ella misma miró la carta antes de posarla como un avión de papel que ella aterrizara con suavidad de pretensión. Era la *Templanza*, una mujer con dos copas. Decidió mostrarla para luego decirle que su vida era un conflicto visceral que tenía la posibilidad de naufragio.

—Mira esta ¿qué ves en ella?

—Nada —dijo la mujer y Fermina que no la miraba a los ojos volvió a preguntar.

—¿Qué ves?

—No veo nada, también está en blanco.

Fermina quedó mancillada. O la mujer mentía o ella estaba loca, o la casa ya estaba completamente invadida del maleficio de los Malasangre.

—¿Nada de nada?

El pelo bruno en la cabeza perfecta de la mujer indescifrable se meneó en una negación gestual y rotunda, parecida a un perro cuando se sacude el agua después del baño. Fermina revisaría la carta por todos lados a fin de evitar otra inmolación de sus poderes. Aquello no era normal ni lógico. O bien ella mentía, para contrariarla o su burla tocaba los extremos del irrespeto. Las dos suposiciones eran inauditas. Optó por guardar la carta sin ocuparse más del asunto. Tiró otra que caería bocabajo tal como lo planeó y luego la miró sin mostrársela: Era una torre incendiándose de la que caía de cabeza una mujer, y dijo su versión:

—Aunque te liberes de ataduras, tus planes fracasarán, tus intenciones no se realizarán, el dedo de Dios te dará una muerte súbita —se arrepintió de decir esto último.

Oír aquellas previsiones no cabía en las maquinaciones de la viuda. Vino por lo de su marido difunto y aunque ella no estaba preparada para dormir la primera noche sin él, sin aborrecerle por sus malos pasos ni odiarle hasta el aburrimiento y censurarle que le metiera sin permiso la bestia enorme y sin apartar trapos ni malos pensamientos con la violencia del león y la embarrara con sudores de costillas como un fuelle de aliento bárbaro y respiración asmática con groserías de una boca desdentada y el telúrico estremecimiento del camastro con olores de palo húmedo en noches de fuego encerrada en una estrechez de cajón con la luz apagada, gracias a Dios apagada, para no verle la figura amorfa ni los ojos de vidrio ni el último brinco de conejo, no estaba preparada para la dicha que le dejaba su muerte súbita. Odió decirlo, pero lo dijo:

—Seré feliz, aunque lo haya matado ¿verdad?

Ahora, la estupenda maga que fuera Fermina sentía que se le enfriaba el cuerpo de pellejos flácidos y cansados de la misma posición de un Buda rezando durante agotadoras horas. Se le enfriaba como si le cayera encima un aguacero de aire congelado. Belén se pellizcó la tela de cebolla de la piel marchita para comprobar que estaba viva y pegó el oído penetrador a la pared, siempre con el temor absurdo de que traspasaría su cabeza por una ranura.

—¿Queeé…? —fue la respuesta borrascosa de Fermina.

—Usted debe actuar como lo hace el cura. Lo que se diga aquí es sagrado ¿no? Entonces, le confieso que lo maté. Quise borrarlo para siempre, pero me sigue como una mancha en el codo. Usted me dice ahora qué debo hacer.

Fermina, con la pachorra de salamandra cazando moscas, rememorando tiempos que se le habían podrido en el ánimo, pensó tomar el sobre maldito —que seguramente esperaba en la gaveta— con los estambres de un guante y ponérselo en sus manos. Primero se interesó por el muerto.

—¿Cuándo dejó de respirar?

—Antes de ayer.

La certidumbre de un desorden mental perturbó a Fermina, quien, sin deseos de averiguarle un mañana, volvió a meter la mano enguantada en la gaveta. Sacó el sobre, ya sin asombro, y exigió:

—Abra y lea.

La mujer leyó con el reposo desazonado de un monje y la destreza acumulada del erudito. Fermina no podía creerlo, pero vio con sus propios ojos, veedores que fueron de lo pendiente y del ayer, que le salían manchas en los brazos y el pelo se le erizaba y por su nariz brotaba pus hediendo a pantano. La quiso detener.

—Eso basta —dijo—. Mire sus brazos.

Belén, entre pared y cortina miró los suyos, las piernas, los dedos, y acabó toqueteándose completa como si buscara un objeto perdido; dudó si restregarse la cabeza con cepillo de púas, por la picazón angustiosa, o sumergirla en un mejunje de guanábana.

Los ojos vueltos en blanco de aquella mujer imprevisible pirueteaban en un frenesí desquiciado. Fermina presintió que algo grotesco crecía ante ella, llamó a Belén con un grito de boyero. Belén se detuvo en la puerta.

—¿Qué ves? Dime qué figura tiene esta mujer endemoniada.

Belén la describió de un tirón:

—Es algo así como un enano de barro sucio con orejas de elefante y ojos más grandes que una toronja y gusanos en su boca de sapo y de brazos antiguos en piel nueva de niño.

La rara mujer comenzó a decir improperios sin sentido ni orden hasta que organizó las frases, que llegaban de un pasado tan remoto como la pólvora:

—Guardo los planos de tesoros perdidos que costará su búsqueda tantas desgracias como en una guerra; mi asesinato fue intencional; sufrí de sus abusos y violaciones; lo maté en defensa propia con un hacha; no me arrepiento de mis delaciones. Mi abuelo fue delator en la guerra contra los prusianos de 1870, mi padre delator de sus hermanos en España; yo fingí ser de los mambises y los entregué al ejército enemigo; yo maté a mi hermano menor ahogándolo en la cuna; yo abusé a mi madre mientras moría; yo...

Fermina estaba asqueada y con miedo a oírle al sobre el arsenal de sus proezas macabras; sabía cómo detener un trance de maldiciones, lo puso en práctica y la mujer volvió en sí mientras Belén veía como se desbarataba la figura de cerámica del enano orejón. La mujer abrió los ojos.

—¿Qué pasa con mis brazos? —preguntó con la frescura de un brisote.

—Mírese esas manchas, y lo otro —señaló Fermina.

Un resplandor fugitivo de extrañeza apremiaría a la bella mujer a contemplarse hasta los poros. Allí estaban sus brazos puros y nacarados, de náyade mirándose en el estanque, según el cuadro que viera desde niña en la casa vieja, y más lechosos y lavados que aquellos que los había recuperado dos días después de que el marido intentara poseerla con el salvaje bramido del león y muriera en el intento.

—No veo nada malo —dijo.

—Muy bien —declaró Fermina—. Déjeme decirle entonces qué otra cosa veo: cambios en tu vida. Escapas de tu familia, ganas la libertad, pero a un gran costo. Un nuevo marido, bueno y elegante, muchos hijos y dinero. Serás muy feliz. ¿Conforme?

—Claro que sí —dijo la mujer satisfecha con la mentira y tiró sobre la sábana en oleadas de la mentirosa recalcitrante, cincuenta centavos plata.

El cansancio extenuante de Fermina quedó gravitando en su rostro. El sobre estaba hinchado, como si lo soplaran por dentro, o tal vez como si al querer respirar y expulsar el aire enfermo, no encontrara por dónde. Era una maldita bomba de tiempo que en algún momento explotaría en sus manos si descubría una fisura. Los espíritus crecían dentro como la semilla de un cáncer maligno.

Fermina sentía el peso de cada secreto, cada maldición, cada vida truncada que el sobre contenía. Sus manos temblaban al sostenerlo, como si percibieran el peligro latente. El aire a su alrededor parecía espesarse, cargado de una tensión casi palpable. Sabía que cada vez que abría el sobre, liberaba un poco más de su malevolencia en el mundo, pero también sentía una atracción irresistible hacia su poder oscuro.

El retorno del sobre maldito

El toque urgentísimo, con angustia de puños cerrados sobre la puerta alarmó a Fermina. Belén andaba sacudiéndose los perseguidores espíritus perniciosos cuando escuchó la voz mandona.

—¿Belén, no vas a abrir?

Afuera caía una fina llovizna primaveral, tan poca cosa que se evaporaba apenas topaba el pavimento recalentado. Traía Belén su propia llovizna, mojándole el rostro de tristeza inmensa, aliñando su cuerpo junto al churre y la nostalgia. Abrió la puerta desabrigada de deseos. Allí estaba Chumba, confundida con el color marchito de la ceniza, con los fríos temblores de quien agoniza.

Belén sacudió el desarreglo de su cabeza, la visión de Chumba aturdía su ánimo suficientemente ajado. Sintió, con un escozor de la piel, el aliento a orina de bocas muertas, soplando detrás de su nuca. Giró los andrajos de su cuerpo, resuelta al combate. Se enfrentó a la turba de parientes que la seguían por toda la casa en un asedio constante, revolviendo olores de exhumación. Con la mano izquierda dibujó al aire unas señas de caudillaje que seguramente los doblegó, porque todos, atosigados por una suerte de encantamiento, rompieron la formación insidiosa y retornaron a los cuadros, como si fueran conducidos al garrote vil. Se volvió, satisfecha de su triunfo sobre los difuntos. Chumba, al verla en esa manifestación de hechicería que le resultaba afín, cayó de rodillas.

—Por tu madre, Belén —dijo, hecha un bulto en el piso—, no me hagas daño. Necesito ver a tu hermana.

—Adelante —dijo Belén sin sospechar las razones de por qué estaba allí.

Al parecer, los triunfos sobre Fermina, gracias a su patente de corso más el refuerzo de Escipión, alcanzaba niveles de ahogo. Belén no entendió aquella presencia indeseada hasta que se fijó en la mano de Chumba, con unos temblores de congelamiento.

Fermina no la podía escuchar. Belén casi suelta un grito. Chumba traía, en sus manos prietas, con el desgaste de varios meses, el sobre sucio que se agitaba como si tuviera vida propia, con vísceras sutiles pero fatales. Chumba sentía que no podía entregarlo ni sostenerlo por más tiempo. Belén estaba sujeta al marco, para no desplomarse, con los ojos saltones.

—¿Qué pasa? —dijo Fermina, quien olfateó a la rival por el tufo de hierbas y maldiciones.

—Chumba, es Chumba —gritó Belén en un lamento apoteósico.

—Pásala.

Chumba logró moverse. Sus pasos llevaban el plomo de muchos días entre vacilaciones y desorientación. Entró al cuarto en ruinas con la sensación del mareo, y percibió a la maga como quien descubre a una santa dadora de milagros, al final de un túnel.

—Libérame, por Dios te lo pido, de este infierno que no me deja tranquila.

Fermina sonrió, al fin Chumba se rendía a sus pies, aunque era portadora de una desgracia mayor.

—¿La leíste? —se angustió Fermina sin que pudiera mirar el sobre.

—Sí, está maldito. Libérame de él, por tu madre santa, que Dios la tenga en la Gloria.

Fermina pensó en el sobre de la gaveta y metió la mano para hurgar allí, pero no estaba, solo había cenizas como de huesos pulverizados y un olor repugnante a cementerio. Requeriría de fuerzas excepcionales —que ya la abandonaban— para fijar su vista verdosa encima del sobre embrujado. Mirarlo era un reto insuperable. Apartó la vista, resuelta al escape. Con aquellos ojos brujos que de cualquier forma habían perdido su potencia expresiva y fue descubriendo objetos colgados como si se aguantara de ellos para no caer. Recorrió todo el cuarto con la visión pegada a la pared hasta que al fin, sin ganas ni vigor, encandilada por una luz inmaterial, la posó en el sobre.

—Déjalo con Pánfilo —dijo, con un hilo de voz—, ahí en la mesita, él sabe cómo tratarlo.

Chumba dio unos pasos inciertos, alargó la mano asustada hacia el difunto y rápido apartó su vista hechicera de aquel hombre todo pecado que le sonreía burlón. Cayó al piso con espasmos de trance. Despertó casi al instante con deseos de salir a toda prisa de allí, alejarse del sobre y de Fermina y de Calle Azul.

Sus piernas temblaban, apenas sosteniéndola. El aire parecía espeso, cargado de presencias invisibles que la empujaban hacia la salida. Sentía que cada segundo que permanecía allí, una parte de ella se desvanecía irreparablemente.

Pánfilo mantuvo su sonrisa entre tinieblas escoltando el sobre amarillo que, de mirarlo con firmeza, se le notaba que llevaba uncido la vastedad del Infierno, la fiereza del silencio y, por dentro, dudas inmensas, pecados inconcebibles y un misterio de locos fantasmas aullando la venganza.

«Era justo que una vida de ausencia tan despreciable, de hombre inútil sirviendo solo a sus misteriosos recuerdos, acabara con una soga al pescuezo que apretaron los duendes de la conciencia. Y lo otro, que se fuera ahogando en vida, poco a poco, y terminara colgado de forma tan ordinaria. Tantos años que dedicó a sufrir los males de su propia hechura y lo peor, que luego los traspasara a ella y a su hermana», eso pensaba Fermina.

Cuando pudo mirar firmemente a Chumba que caminaba hacia la puerta pisando los huesos de los muertos que ella conminaba a presentarse en sus hechizos, vio que la vieja bruja derrotada se había quedado completamente calva. Los pelos, como pelusas, iban cayendo al suelo en un deshoje otoñal.

Era como si el sobre hubiera absorbido no solo su poder, sino también su vitalidad. La piel de Chumba antes tersa y oscura como la noche, ahora parecía arrugada y grisácea, como si hubiera envejecido décadas en cuestión de minutos. Sus ojos, antes brillantes y astutos, ahora estaban apagados, hundidos en cuencas profundas. Fermina sintió una mezcla de lástima y temor, consciente de que el mismo destino podría esperarle a ella si no tenía cuidado con el sobre maldito.

Cuando los secretos retornan a la tierra

Belén oyó la voz de su hermana que sonaba a madera, traspasando las paredes carcomidas, se sentía, aparentemente, con el mismo tono de siempre, pero esta vez era distinto.

Llegaba apartando los impalpables cuerpos de difuntos soliviantados, fuera de sus jaulas, que deambulaban silentes dentro del ambiente denso del caserón, a causarle molestias a ella, con esa falsa presencia que tanto la enojaba. No tenía más que esperar que la volviera a llamar Fermina con su vozarrón, para entonces viajar la distancia fastidiosa de la cocina al cuarto de la magia, para oírle hablar de lo cotidiano. No bien había empujado la puerta, recibió una orden desconcertante.

—Párate aquí, reza conmigo.

¿En qué momento Fermina había cambiado todo allá dentro? Los cuadros de la pared estaban desquiciados; cabuyas amarradas a las patas de la cama, trapos encarnados cocidos a su camisón, aromas inciertos con el desatino de la peste, el humo odioso del tabaco, y ella de pie, cosa insólita, de pie, con un crucifijo alzado, la voz gruesa y sus ojos de sapo, desorbitados.

—*Oh, san Alejo glorioso, tú que tienes el poder de alejar todo lo malo que nos rodea a nosotras las escogidas del señor, te pido… ¡qué coño te pido! Te exijo, que alejes de nosotras a nuestros enemigos.*

—¿Qué disparate es este, mi hermana? —dijo Belén con el espanto aflorándole por la piel reseca.

—¡Repite y no me jodas! *Aléjanos de Satanás.*

Belén comenzó a repetir, a media lengua.

—*Aléjanos de la mentira y la chivatería de Chumba, así como también del pecado y, por último, aleja al que llegara hasta nosotras para jodernos la existencia, como el maldito Escipión. Pon tan lejos a los malos —aunque anden metidos en un sobre— que jamás nos vean. Amén.* ¡Repite conmigo, coño! *Amén.*

—Amén —balbuceó Belén.

—*Aleja, san Alejo, los malos pensamientos del vecindario, que son unos chismosos; aleja a los insensatos que vengan con brujerías. Acércanos al Señor para que con su divina gracia nos mande todo lo bueno y nos reserve un asiento junto al Espíritu Santo. Amén.* Repite, coño, amén.

—Amén —dijo Belén como un eco lejano.

Acabado el conjuro Fermina parecía lucir más ágil, como si pudiera iniciar una carrera. Belén continuaba soportando con recelo, qué carajo era aquello.

—De hoy en adelante —dijo Fermina—, debemos limpiarnos de todo daño. El hijo de Chumba que vino a jorobarnos la vida y la vieja bruja contenta de que eran dos contra nosotras. Añade a esto el sobre maldito de Rafael que nos ha dejado algo malo y ¿qué nos queda? Una inmensa pobreza, un hambre vieja y una vejez de mierda.

—La pobreza la llevamos con dignidad —dijo Belén.

—¿Y el hambre?

—Con gratitud. La barriga vacía permite la entrada de Dios.

—No me jodas Belén. No duermo como antes, y tú debes sufrir lo tuyo —Belén asintió y agregó:

—Sueño con la tía Veneranda, que cocina cucarachas y me obliga a comerlas.

—Eso es grave —dijo Fermina—. Por eso descolgaste su retrato, ya me di cuenta.

—También sueño con el sobre, que salen de él seres irreales, espíritus que buscan otros cuerpos, que pretenden revivir en otras almas.

—Eso es peor.

Belén sacudió el cuerpo apartando el escalofrío y puso los ojos en blanco con pestañeos seguidos; comenzó a relatar historias de lejanas naciones con la voz embutida de carne corrupta de muertos de la familia Malasangre:

«Lo que no saben ustedes, yo lo sé —empezó diciendo—. Ustedes nunca conocerán toda la verdad, la clase de sinvergüenza que son los hombres de esta familia. Las mujeres, lo peor de lo peor, merecen castigo de infertilidad para detener la sangre mala de los Malasangre. Los huesos se le pudran, el pensamiento salga en forma de gusano, el cuerpo tiemble relleno de cucarachas y desde los tiempos que fueron anteriores a los tiempos la maldad la esconden jueces y maestros, pintores, bufones, soldados, infieles corajudos de gorros frigios, señoras acéfalas, caballos que bebieron la sangre de los vencidos, hermanos con apellidos distintos y la misma sangre venenosa en las venas, con el fuego entre las piernas de señoronas que adulteraron la piel de los que estaban por nacer, los nacidos muertos fueron devorados por perros de la casa, los perros fueron comidos por los amos que fueron señores de otros señores no menos dañinos. Empaladores, incendiarios que padecieron empollaciones de fuegos internos, verdugos ahorcados con sus propias manos, vituperadores salivosos y siniestros, vampiros a pleno sol, secuestradores de párvulos de doncellas de recetas que matan y doblegan y atemorizan», tomó resuello».

Fermina aprovechó para tratar de exorcizarla, como aprendió con su tía la loca antes de que se decidiera por el suicidio con su cuerpo ardido por el fuego en el centro del patio. Y con una bofetada de mano abierta y la velocidad requerida para apartarle el Diablo, Belén despertó con un chirrido agudo de silbato.

—Acabemos de una vez con la maldición —dijo como si aquella palabrería de las miserias de los Malasangre, quizás contenida en el sobre, no la hubiera dictado ella.

—Acabemos —balbuceó Fermina, agotada hasta la médula.

Belén se alzó la blusa con el color de flores marchitas, de la tierra cuarteada, la manteca rancia, la sartén sucia, los desperdicios de gorriones, y enseñó su espalda de huesos curvos pegados milagrosamente a un esqueleto seco de serpiente. Y Fermina vio su piel de papel con laceraciones profundas de un látigo esclavista que se cruzaban como caminos fangosos. Ante aquella visión tremenda Fermina escupió su mano derecha y largó el juicio que guardaba durante años, desde que se alojó en su mente, primero la duda y luego la certeza de que su hermana menor sufría también los dolores de alumbramiento de quien posee un don de preeminencia y que nunca quiso reconocerlo.

—Te lo dije coño, tienes que trabajar en eso. Tú no solo ves a nuestros muertos, tú eres médium.

—¿Medio unidad? ¡Al carajo con todo! Solo nos ha traído nuestro propio abandono y la soledad eterna. Total, nadie se salvará del olvido, ni los vivos ni los muertos, como no nos salvaremos del castigo de los Malasangre.

Fermina fue a rebatir esa idea que merecía penitencia y demostrarle que sus poderes superaban las barajas y las interpretaciones de las manos, cuando el reloj de péndulo resonó sus bronces longevos con repiques presurosos de guerra. Belén salió del cuarto con un aullido de gato hambriento y se ocultó entre las cortinas. Aunque no hubiera nadie tirándose las cartas ella se refugiaba allí como una sabandija prendida de cualquier incisión, a la espera de lo mismo, que ya escaldaba su cara con un hábito miserable de espionaje.

***

El hallazgo se produjo esa misma tarde, mientras los calores de octubre —que no mostraban empeño en refrescar— desanimaban a los hombres laboriosos que derrumbaban la vetusta casa de los misterios. Cuando rompieron el piso de madera, para llegar a los horcones, y sobre estos construir la nueva obra, aparecieron unos restos humanos. Como era su obligación, avisaron a las autoridades. El esqueleto casi incorrupto de Ciprianolenso Malasangre Pandereta emergió de los Infiernos. Por supuesto, nadie sabía de quién se trataba ni por qué estaba allí. Solo media docena de vecinos con edad suficiente y buena memoria recordarían el incidente. Belén sería uno de ellos, a pesar de su desordenada retentiva de los sucesos.

Belén sostenía un trapo en sus manos, para sacudir el polvo de la mesita, cuando escuchó el murmullo que venía de afuera. Se asomó a la ventana y vio la calle pintada por el sol moribundo de las seis, de un anaranjado encendido y con largas sombras que se movían inquietas y oyó, sorprendida a medias, la noticia. Se trataba de la aparición del cadáver del desdichado Ciprianolenso. Regresó y devolvió el trapo a su lugar. Pánfilo la miraba con la amable sonrisa de siempre, aunque apenas visible en el pálido semblante, como disfrutando de su presencia. No obstante, a lo deteriorada que tenía Fermina la cabeza, Belén le notició del incidente.

—Encontraron a Ciprianolenso —dijo.

—Dame las cartas —fue la reacción de Fermina—, y déjame sola con él.

—Me pregunto, ¿por qué mató a su hermano? Yo nunca haría eso contigo —reflexionó Belén.

—Porque no eran hermanos, aunque llevaran el mismo apellido —sentenció Fermina.

—¿Qué dices?

—Lo mató por celos —aseguró Fermina, molesta por darle la noticia de sopetón.

Belén no supo qué opinar de la expresión inaudita y mordaz de su hermana. No podía creer en una pareja de hombres, la imagen de los besos y el manoseo no le llegaba a la mente, pero Fermina no diría una cosa así a menos que tuviera la certeza. Ella quería saber más del asunto y se atrevió:

—¿Desde cuándo lo sabes?

—No preguntes tonterías.

—Bien —dijo Belén—. Cuéntame ahora por qué esa maldición de los Malasangre, que en resumidas cuentas no llevan la misma sangre mala, nos afecta a nosotras.

—Déjame sola con él —dijo Fermina.

—¿Con quién?

—Con este —gritó, señalando a Pánfilo.

—El sobre debe explicar los motivos y lo leeré si no quieres hablarme —dijo Belén y discurrió—. Tuvo que haber una buena razón para un crimen así... ¿por celos? Entonces, ¿quién es la tercera persona?

—Deja eso —dijo Fermina.

—Según dicen, muchas mujeres se quemaron vivas con el diablo de Ciprianolenso... ¿Pero hubo alguien especial? ¿Quién?

—Deja eso.

—¿Hay alguna sinrazón para que suframos nosotras? ¿Por qué nosotras? ¡Dímelo, coño!

Mientras hablaba con la mala lengua de un loro, nada frecuente en ella, fuera de sus cabales, sacudía las cenizas sobre la sábana y descolgaba el mosquitero churroso, que últimamente no lo quitaba nunca, excepto si alguien, tal vez desorientado, o como Chumba, por una causa falsa que creía justa, pedía tirarse las cartas con la maga que había perdido sus habilidades quién sabe en qué momento inmaterial o en cuál refriega enfrentada con la mala fortuna del sobre contenedor de espíritus maldecidos.

—Pregúntale a tu cuñado, él lo sabe todo —dijo Fermina, con el calmante y agudeza de un dedo apuntador.

Belén miró al cadáver de cartulina de su cuñado, su primer amor desafortunado, al mentiroso que hubo en él: «Qué testaruda sonrisa», fue lo primero que le vino a la mente y luego, tal como soportaba a los demás difuntos, lo evocó otra vez con vida, cuando disfrutaba su desnudez a través de un orificio en la pared de su cuarto de clausura. Y lo peor: él lo sabía, y se manipulaba completo y silbaba una tonada desabrida y cruel. Luego posó sus ojos cansados en el sobre. Siempre le pareció amarillento, sucio, maloliente, arrugado, insano. ¿Fermina lo cambiaría por otro? Este lucía fresco, atractivo. Y las letras que antes fueran los garabatos imprecisos de un loco, mutaron en dibujos, en imágenes letradas. Se tragó el comentario de la mutación no fuera a tratarse de una loca percepción suya. Pero en verdad quedó sorprendida. La magia existía en el sobre, como dijera su hermana, para bien o para mal. Sacó las cartas de la mesita de noche y las colocó en las manos achacosas de Fermina. Sabía que el misterioso sobre no podría rasgarlo jamás mientras su hermana viviera, porque ella lo advirtió:

—Todos los males del mundo están guardados ahí, cada cual aporta lo suyo; ese papel con letras tiene más historia de la que te imaginas. Es el mismo desde hace cientos de años, una maldición de los Malasangre, supongo. Cada ojo que lo mire engorda esas desgracias. Solamente se salvan del castigo los que no leen, y los que ignoran el futuro.

Belén recordó la frase: «una maldición de los Malasangre». Entonces, ¿ellas eran parientas lejanas de los Malasangre? Un escalofrío le recorrió el cuerpo enlutado y en ripios. Salió del cuarto anárquico de Fermina repugnando la suerte de seguir viviendo la vida con la calma del desgaste, para entrar en el espacio reducido y suyo, el de los suplicios a la escucha, para alejarse del *manicomio* de muertos que se creían vivos y con entendimiento para joderle la realidad de mujer sola, que se desbocaban en el limbo de sus desenfrenos de animales ariscos apenas ella andaba masticando palabras de la sala a la cocina y desandaba la ruta con la guía del abuelo como cabestro.

Unas cartas desteñidas, sin bordes, con ganas evidentes de morir en las manos de la que fuera su mejor intérprete, se dejaron sacudir y mezclar para, finalmente, no profetizar nada. Afuera, tras las cortinas, la espía perpetua se confundió con la madera de la puerta, como un lagarto camuflado que pretende desaparecer dentro de la floresta.

—Ven mi chino —escuchó Belén—, siéntate aquí a mi lado. Voy a leer tu pasado y tu futuro. Ahora corta, así mismo, está bien.

Belén aguantó el aliento. Muchas veces escuchó estas conversaciones con su cuñado, pero nunca tan irrealmente ciertas.

—Escucha. Aquí veo tu muerte, no temas, recuerda que del polvo vinimos y en polvo nos convertiremos. Vas a morir a mi lado. Bueno, esa siempre fue mi ilusión, morirnos juntos. Ahora veo otra carta. Mira, es el sol, serás exitoso, la alegría te iluminará el camino. Pero espera, mira esta otra, la rueda de la fortuna, salud, rejuvenecimiento.

De nuevo Belén se estremeció. Nunca antes, incluso en aquellos primeros tiempos cuando su mente estaba lúcida, Fermina habló tan claro ni dijo estos pareceres con tal elocuencia. No supo si entrar o correr a la cocina, su refugio. Optó por quedar detenida en los segundos de un reloj sin cuerdas, a la espera de lo peor que mejoraría sus vidas, de aquello que sospechaba desde mucho tiempo atrás y quizás lo deseaba infinitamente. Trataría de aguzar los maltratados sentidos para descubrir por una ranura de la pared, madriguera de comejenes, el aliento embriagado de Pánfilo, olerle los pies sépticos, y en la resequedad de su mejilla recibir el sabor azufrado de un beso.

—¿Recuerdas cuando nos conocimos? Sí, eso pienso, eran tiempos gloriosos. ¿Distinto, dices? Es posible. Tú siempre fuiste el mismo: buen amante, lisonjero, borracho y mentiroso. Sí, no te me hagas el loquito. Te aguanté porque te amaba o porque no me quedaba otra salida. ¿Dónde ocultaste el caballo? Si mi padre te agarra esa tarde que hui contigo, te parte en dos con montura y todo. Eras apuesto, eso me gustaba, y valiente, eso también me gustaba. Lo otro, lo de pegarme los tarros, no me gustaba. No te lo perdoné nunca. Tú creíste que yo me creí el cuento, ese, el de la foto tuya: ‹A mi adorada Amada› Sí, yo lo sabía, y mi hermana también lo supo antes que yo —a Belén se le aflojaron las piernas y se aguantó del cortinaje—, y no me lo dijo nunca. Yo le perdoné la falta, porque ella me perdonó antes de que yo la traicionara contigo —Belén tembló como un hilo de telaraña—, así te mantuve a mi lado y la señorita Amada Palmero, tu adorada Amada, la sinvergüenza, la gatita de María Ramos, se quedó con las ganas. Ni siquiera la foto que le dedicaste fue suya nunca —Fermina se tragó una carcajada ronca—. ¿Se murió de repente? La pobre. ¿Quieres volver a cortar? Corta mi chino.

Belén dejó de respirar. Atisbó por un orificio que dejara un clavo y vio, espantada, que faltaba Pánfilo dentro del cuadro. Casi al desplomarse, sin oxígeno en los pulmones aplastados, se despabiló de aquella pesadilla real. Fermina sabía lo de su noviazgo con Pánfilo y, peor aún, se metió por el medio, se lo quitó. Ambas sabían sus faltas y callaron para evitar el odio y la venganza. Las cortinas la sofocaban, exprimían su desaparecida imagen. La pared carcomida y la tela descolorida dejaban un espacio sutil en el que cabía solo el cuerpo afilado de Belén. No deseaba escuchar más, pero supuso sería la última vez. Aguantó los deseos de llorar. Incluso aguantó las ganas errantes de entrar y cerciorarse si en verdad Pánfilo se encontraba presente, orgánico, nocivo.

—Mira esta carta, ¿ves al tipo? Es el loco. Anda perdido, sin rumbo, no sabe qué busca. ¿Así eres tú? No. Yo creo que así es tu cuñadita.

Entre las cortinas ripiosas Belén sintió un escalofrío en el tajo desgarrador de las palabras.

—Ella es así, siempre fue así. Ahora debe estar oyendo detrás de la puerta. No importa. Yo siempre la quise con todos sus defectos. ¿Cuáles defectos? Vamos a ver, te diré el peor de todos, quedarse solterona, aguantar las ganas de revolcarse. Ni pa' tía quedó. Bueno, eso también es culpa tuya, y mía. ¿Mi defecto? No tener hijos contigo, y tú sabes por qué. No quiero hablar de eso, es más, estoy cansada. Vamos a terminar, mi chino. Quédate a mi lado, juntitos los dos, como dice la canción, y por toda la eternidad.

Belén quiso entrar, pero estaba extenuada y en verdad la detenían los pocos deseos de lidiar con los misterios del sobre y los desenfrenos de Fermina y mirarle la sonrisa al cuñado que le había partido el corazón. Se encerró en la cocina, a revolver calderos y cucharas, a cambiarlos de sitio sin ningún orden o propósito. Luego permaneció recostada a la puerta para impedir pasaran los difuntos que invadían la casona en los innumerables momentos de soledad. Así estuvo postrada por un tiempo inmedible, confundida en las fibrosas tablas, huyéndole al desaliento que le dejaba el vacío del encierro.

Al anochecer, por un repentino centelleo de cocuyos retozando en la celosía, recordó a Fermina, llevaba rato, mucho rato sin escucharle sus charlas interminables con el difunto. Entró al ambiente abandonado de la pitonisa, al espacio espiritual que la mantuvo con vida útil.

El tabaco convertido en una masa salivosa con la ceniza entera descansaba de la última succión partido en dos tonos sobre la mesita vidriada. Los cuadros al suelo, sin los retratos, como féretros vacíos. El armario abierto regaba al aire la vejez del cedro junto a sándalos y alcanfores incrustados con la terquedad del tiempo. La luz del corredor se colaba indecisa por el ventanal, era poca, aunque suficiente para que Belén fijara sus ojos, acostumbrados a las tinieblas, solo en la cama casi sepulcral donde su hermana Fermina yacía en la misma posición que la hiciera una tullida durante décadas. Así la pudo distinguir sin acercarse, con la espalda pegada a la cabecera llena de almohadas. Aunque, para su sorpresa, notó que no cubría el cuerpo con la sábana percudida ni llevaba la cara sin rasurar. Otra Fermina, más alcanzable y diáfana, sin la mirada a medias con aquella expresión inexacta que la aterraba. Era indudablemente otro ser, pero definitivo, porque la percepción que tuvo, de caparazón sin esencia humana le resultó tremenda. A su diestra el cuñado, sin la jaula ovalada de cristal, de cuerpo presente, desnudo y humano, con la interminable sonrisa burlona. A sus pies, la camisa desclavada y el pantalón plano, y los zapatos del otrora donjuán recostados en el zócalo de la pared esperaban prestos y radiantes a trocarse nuevamente en caminadores. Fermina estrujaba en la mano argollada de colores el sobre difícil, hecho un zurullo inservible, como si las palabras que le dieran volumen y peso en el momento que se ordenaron intrépidas para esclarecer los motivos de un crimen se hubieran rendido al fin y tiñeran con su grafito desecho la sábana nueva. En la mano izquierda anillada en oro del mejor quilate, las barajas sordomudas exhalaban un último arcano inexacto con la palidez del desguace, porque de ellas escaparon los geniecillos adivinadores.

Belén desenganchó el sobre prohibido de los dedos de Fermina, lo abrió como quien tantea violar una ley, trató de leer aquel reguero de letras que se movían locas acoplándose en un nuevo orden, formando inéditas palabras. El pecho plano de Belén, que amenazaba unirse con la espalda, explotó en un llanto desgarrador. Se acostó junto a Pánfilo y comenzó a estrangular el papel con la presión deteriorada de su mano de finas falanges, suficiente para que la sangre blasfema contenida en él durante siglos reventara abundante por toda la habitación anochecida, aunque solo logró arrancarle unas gotas que mancharon la sábana nueva. El sobre ahorcado se tornó violáceo mientras Belén apretaba y apretaba y sentía que les faltaba el aire a sus pulmones chupados, hasta que, ahogada con su propia energía, segundos antes de ponerse lívida, con la palidez del martirio, fue nombrando uno por uno, a los nueve difuntos de la familia que la miraban eufóricos; y, junto a éstos, los hermanos Malasangre, el soldado degollado y la Tejerino.

Fermina y Pánfilo sonreían con sus cabezas unidas, como una pose que tomaría el fotógrafo en la noche de bodas. Las cartas, Belén, Fermina y Pánfilo confluyeron en un mismo punto irracional, con las inexcusables y rotundas ganas de morirse de una vez.

El sobre se desprendió de la mano epiléptica, recobró el antiguo color púber y alisó su cuerpo de pergamino con la virginidad de tres siglos, y el bermellón de un sello lacrado con la heráldica familiar deslumbró la ranura por donde rodó a los tibios escondites de la tierra. Y allí, protegido de la justicia del mundo, redimido del daño que causó durante muchas generaciones de los Malasangre, reorganizaría las letras una por una hasta que recobrara su perdida identidad.

Afuera, dormía la vida, en la tranquilidad de una noche profunda, en la calle desierta que alguna vez se tiñó de azul.